张锦贻散文选

到大森林去

张锦贻 著

北京时代华文书局

目 录

第一章　北疆四季

时冷时热春天来	3
草长草绿夏日到	7
绚烂绚丽迎秋季	12
大风大雪是冬令	16

第二章　草原　林间　山岭

与邻国相接的草原	23
在锡林郭勒草原上	25
草原上的成吉思汗陵	27
草原季歌	29
到大森林去	33
白桦林的夏与冬	35
独特的红花尔基森林公园	37
林间小河升雾霭	39
山林河谷多奇丽	41
岭下坡脚遍金黄	43
鄂伦春猎人的欢与乐	45
冷风吹雪天自寒	47

第三章　冰湖　黄河　海子

  进山出山探湖泊　　　　　51
  湖上的清晨和傍晚　　　　56
  幻变居延海　　　　　　　58
  奇诡黄河　　　　　　　　60

第四章　大漠　胡杨　戈壁

  平沙万里　　　　　　　　67
  沙漠一日　　　　　　　　71
  奇特的响沙湾　　　　　　73
  沙漠里的蓬蓬生机　　　　75
  奇妙的沙漠蜜果　　　　　78
  沙地胡杨　　　　　　　　80
  走进戈壁滩　　　　　　　84

第五章　青城　木村　野花

  塞上青城风土情　　　　　89
  最美边境额济纳　　　　　95
  神泉雪城阿尔山　　　　　97
  北疆之门二连浩特　　　　99
  小丁丁的花山乡　　　　　103
  金灿灿的木村庄　　　　　105
  静悄悄的小屯落　　　　　107
  花开遍地香满天　　　　　109

第六章 苇荡 石窟 古镇

船行芦苇荡	115
漫步东钱湖	117
近看钱江潮	118
绿满南溪	120
采石为窟 凿石成景	122
百转千回前童街	124
西塘廊棚长又长	126
练塘街巷静又静	128
木渎园林深又深	130

第七章 黄山 大湖 梯田

到黄山看松树	135
在黄山观石景	137
画里乡村 百年宏村	139
太平湖初冬印象	141
奇峰异石张家界	143
鬼斧神工宝峰湖	145
壮观的龙脊梯田	147

第八章 故里 老宅 文化

去绍兴瞻仰鲁迅故居	151
到凤凰走进沈从文故居	153
在乌镇拜谒茅盾故居	155
到石门湾寻访丰子恺故居	157
追忆陈伯吹先生	159

第九章　空旷俄罗斯

从满洲里到赤塔　　　　　　　163
感受"空旷"的俄罗斯　　　　　165
体会赤塔　　　　　　　　　　167
见识西伯利亚的"富有"和"美丽"　169

第十章　蓝色汉城

蓝色汉城　　　　　　　　　　173
听韩国小孩子唱《种太阳》　　175
天天喝凉水　　　　　　　　　177
韩国人的精明　　　　　　　　179
汉文化影响和民族意识都很强　182
花钱"打的"也不简单　　　　184

第十一章　北疆小孩子

快活的沙漠小孩子　　　　　　189
活泼的水边小孩子　　　　　　197
狗狗就是好司机　　　　　　　200
孩子们的故事　　　　　　　　202

第一章

北疆四季

时冷时热春天来

1

在北疆，常常分不清春和冬的界限。立春以后，天还挺冷。屋子里还生着火炉。开门望去，山是苍灰的一片片，树是赭褐的一丛丛，草坪上也仍是枯黄的一簇簇。哪里有春天的模样？大概是这里的冬天太冷，冻手冻脚的，春天的步伐也就慢了点。

不过，春天毕竟已经来到了。只要你细心，就会看到，那山的坡塄上、那树的枝桠间，已经有了一点点绿。一夜风雨之后，生怕这绿会被风吹去、被雨淋掉。不料，雨过天晴，在阳光下，那些冻蔫了的绿芽都恢复了充沛的生气，绿得迷迷蒙蒙、闪闪烁烁、星星点点。过了一天，那绿芽似乎多了许多。草坪上张张枯叶的缝隙间，也有鲜活而刚劲的绿在冲出来。那些被惊醒的绿，跃动着，蹦跶着，给人以一种希望和暗示。

这时，山垭里的那蓬荆棘丛中，也开出了一朵朵金灿灿的蒲公英花儿，在满地阳光里，鲜亮的光彩闪耀着，生动的光影摇曳着，亮前亮后，动上动下。这是不折不挠驱赶严冬后的欢欣？抑或是昂首挺胸迎来春光后的豪迈？不要看着那些小小的野花不起眼，它们正是春天的信使。它们，即使被冬雪封冻、被路人踩踏，从不畏缩，从不失信。

一天，一天，那绿，在山坡上萌动，在山岩边生长，在山脚下蔓延。又过些天，北疆大地就是一片新绿了。

2

春寒料峭，北疆的草原还是显得那么遥远、空旷、寂静。

天还没有大亮，清冽的小风伴着清美的晨光，清新的空气随着清丽的朝霞，涤人耳目，沁人心脾。这是北疆初春的清晨。宽阔的草原上，无声无息，偶尔有几声鸟鸣随风飘荡。

环顾四周，远处是云雾缭绕的山峦，云中正泄出一抹曙色，太阳开始穿透云层，彩霞瞬间布满天空，草原就如绿玻璃般透明起来，绿得晶莹，绿得耀眼。瞬间，太阳升起来了，小孩子身后拖着长长的影子，巨人一般移动在草原上，像是走进了童话世界。

太阳不紧不慢地向高处升，云朵不慌不忙地随着太阳飘。它俩不停地变换着形状、变幻着情状，于是，天空就不断地变换着色彩、变幻着光彩。忽然觉得羊群跑到了天上，忽而看见蒙古包搬在了空中；又觉得大灰狼正在追赶小羊，又看见穿浅水红袍子的蒙古族少女骑着白马来到毡房。一时弄不清这是当下的生活、眼前的真实，还是阳光的作弄、心中的幻觉？

当艳丽的阳光慢慢地移向西天，它竟然为人们在草原上踏出的每一条小道洒上了一路金光，为在草原上行走的每一个人的衣服绣上了一道金边。条条小道都显得亮坦而亮堂，路面光洁，前程光明；个个行人也都显得有神而有志，目光炯然、容光焕发。

一天，一天，下几场春雨，吹几阵春风，草原的阳光就会温暖起来、明媚起来。牧人就赶着牛羊来了。

3

在东北边境大、小兴安岭的怀抱中，宽宽窄窄的河谷舒缓地伸向天边。山脚下，北方少有的广袤的湿地，得天独厚地享受着潮润春风的吹拂。这里是牧草种植的实验基地。各种各样的牧草长得茂密繁盛。不少人家都开始养殖乳牛。到处生机勃勃、活力旺盛。所以，春天虽然步履蹒跚，慢悠悠地来，可一来就春色遍地，春光无限。

因为有高高的山岭挡着西北边过来的冷风和寒流，春天到了，天气就一天比一天暖和，阳光和雨水交替着到河谷里来、到湿地上来。空气中弥漫着清甜的水香、苦甜的草香、津甜的奶香，又夹杂着牛臊气、牛粪味和人们晾晒捞旦子的酸酸的醇醇的味道，混合成一种这里独有的、厚重的物我交融的生活气息，传送到天上、地上、四面八方。

一天一天地过去，忽然，有一天，河谷的滩地上竟出现了一片鲜亮的油菜花。据说是往昔支边的人们带来了油菜籽儿。如今油菜花竟将一条河谷都染成了金色，像一条金色大道一直通到很远很远的地方，把边疆与内地人的心连在一起；也让小孩子们长了见识、多了知识。

4

封冻了一冬天的那个叫不出名字的不算太大的湖，像是一面巨大宝镜，在初春清冷的阳光下仍然闪着让人睁不开眼睛的白光。人们无法走近去直视着它，只得等待着，等着天空不再飘雪，等着阳光不再冷漠。那时，冰湖就会开冻，湖岸就会开花；男孩子就可以划小木船绕到山的那一边，女孩子还可以采几朵野花戴在头上。一天又一天，每到正午时分，小孩子们都会有意无意地守在湖边。

可冰湖似乎无动于衷，照样板着冰冷的面孔，不声不响，无一点动静，无一点变化。

有一天中午，天边刮过来很大的风，虽说是春风，却呼啸而来，冷气逼人，而且一阵比一阵紧，把守候在湖边的男孩子和女孩子都驱赶回家了。

哪里想得到，短短的一夜过去，冷冷的狂风停息，红红的太阳升起，光光的冰湖化了。只是过了一天，湖面已是碧波连天，远处看去天水一色，一个个不大不小的波浪已经把大小不一、形状各异的冰块冲积到湖的两边，大大小小、横七竖八的冰块在水流中相遇相撞、相亲相击，碰撞出响亮而宏大的自然交响乐，敲击出动听而激昂的水天奏鸣曲。小孩子们不由得有了一种心弦同振、心灵共鸣的感觉，也就丢掉了因为没有亲眼看到湖冰开裂那一刻的懊恼。

但，小孩子们一直在想象着，如此坚厚、如此沉重的湖冰，怎么会在一夜间崩开、塌裂、化掉，那是怎样的一种速度？怎样的一种气势？在他们心目中，春天的力量真正是无可形容。

5

走近西北边境，就走进了沙漠。一到春天，邻国的大风无休无止地刮过来，漫天黄沙，刹那间就能把蓝天卷走，把红日遮满。那天昏地暗的景象，就像是《西游记》里的哪个妖怪来了一样。日复一日，漠野上的沙子随风旋动、旋转，就有了一层层波纹清晰的沙浪，一直漫开去，漫得很远很远。偶尔遇到晴朗的早晨，看到极远处，黄色的沙浪连接着碧蓝的天空，真正是浩瀚的沙海啊！

沙海上的风总是滚滚而来，沙浪也就不停地向前翻滚，在沙海边积成了高耸的沙山和逶迤的沙丘。又因为风总是钻空而入，沙山与沙山、沙丘与沙丘之间，又有了一处处或宽或窄、或深或浅的沙谷，也就有了一面面或向阳、或背阴的沙坡。令人料想不到的是，深深沙谷里，竟有着一团团、一丛丛苍绿的小草。原来，在这里，寒风吹来时两头挡住，烈日照射下成了阴影，沙粒扬起了飞飘而过，少有的雨雪就都挤在这片谷地上；春天回暖，小草长得密密郁郁，而后一直长下去，四季都在长。沙漠人家少，草也就够他们养的羊、驼吃了。羊肥驼壮，它们的粪又是天然的燃料，小孩子家的炕烧得很暖，漠野春风虽然还有点冷，小孩子出门时穿着羊毛袄、驼毛裤，也很惬意。他们在能够攒点水的沙坳里、漠边上，埋几颗沙枣核、沙棘籽，核儿小小，籽儿细细，小孩们也满含期待。

草长草绿夏日到

一说到夏日,最先想到的就是一个"热"字。华南的酷热、中南的炎热、江南的湿热,以及北京的燥热、北方远海地区的闷热,等等。可是,在内蒙古,尤其是在草原上,夏天正凉爽,真好。

1

好就好在,天气有点热,却是不算热。即使是盛夏,一天之中,赫赫烈日,蒸蒸暑气,只在正午时分。而这时人们正好在小憩。草原上常见年久的老榆树和大杨树,那伸得老远的桠杈、长得茂密的枝叶,正是一个个天然的绿色凉亭。从树叶缝隙中吹进来的丝丝微风,轻轻地,柔柔地,吹散潮气,拂去暑气,伴牧人进入梦境,让小孩开怀嬉耍。而清晨的清凉,夏夜的静谧,那是怎么说也说不尽的。清晨,晨曦初显,曙光将露。风,一缕一缕的,排好队,一二三四,掠过草尖,抚着草茎,让小草们苏醒过来、活动起来。随着天色变亮,朝霞满天,小草们,一棵一棵的,直起腰,四三二一,做起体操,跳着舞蹈,让野花儿昂起头来,云雀儿转过圈来。在旭日东升,金光四射的瞬间,亮晶晶的露珠,在细长的草叶上、在张开的花瓣里,滚动着,熠闪着,一会儿就滚进了草根里,不见了。这时,似乎有一点一点的湿气冒上来,接着就闻到了一阵一阵的青草味,一股一股的鲜花香,淡淡的,幽幽的,是一种新鲜而又素雅的馨香,是一种天然而又淳朴的清香。这时,远远近近、大大小小的淖尔,都怜爱地把日头日光融进冰冷冷的水中,再把小草小花拥入暖洋洋的怀中，一阵间，一下子，草香花香中又渗进了清冽的水香、清纯的土香，还夹杂着水的寒气、泥的尘气。清冷清冷的，寒苦寒苦的。那是除了这里再也闻不到的北疆草地上特有的一种气味、气息。顿时清气沁心、爽意填膺。那是夏天里一种难得的舒畅和惬意，一种少有的舒心和慰藉。

草原的夜晚更好。常见各样的云朵驮着冷峻的月光，在冷丝丝的小风里，或盘旋在天空，或停留在树梢，或洒落在草地。冷森森的光照直射下来，刹那间就会觉得整个大地都是冷浸浸的，冷峭而冷寂！而当月亮升到中天的时候，就是月光最浓的时刻。月光如同瀑布，倾天而落，落在夜色中暗绿团团的小草叶子上，落在牧场上苍绿丛丛的杂草堆子里。似乎能够听到月光跌落、碰撞的声音，仿佛手脚都触摸到了那跌下来、撞开来的硬冷的光块，冷冷的感觉在草丛中悄悄地慢慢地流淌开来，流进大人小孩的心地里，竟使人驱赶掉暑热留下的昏沉和慵懒，保持着冷静之中的清醒和奋发。

2

好又好在，夏天的草原美丽美妙得无可形容、无可言传——因为，这时的草原，并不只是草长花开、山青水绿、虫鸣鸟啾、兔跳鹰翔。你无论是坐在车里去往草原，还是站在大地看望草原；无论是从草原上匆匆而过，还是到草原来细细领略；你都会感受到一种从未见过的寥廓和壮阔，一种撼人心弦的广袤、广漠的美，你就会体会到一种独一无二的盈实和丰富，一种动人心魄的深邃、深切的美。

当汽车在山间公路上快速地向前飞驰、急切地奔往草原，这条路似乎没有尽头。远看，路，像飘挂在山坡上的带子，飘不到高处，也挂不到底下，就这么悬着、荡着，让人放不下心思又想不清缘由。可是，就在不放心又弄不清的一眨眼时，车已经出了山坳，不知不觉，草原已经扑了过来。只见，刚在雨中洗浴过后、干干净净的湛蓝天空谦逊而迅速地往后退让，正在风中梳妆打扮、清清丽丽的碧绿小草热情而高兴地迎了过来，尽情享受阳光爱抚。蹦蹦蹿蹿的各色野花，拥挤着、推搡着，争先恐后地抢镜头。即刻下车，即时置身于朗朗天宇、宕宕地场、芊芊芳草、纷纷繁花之中。极目望去，那蓝天，四面八方地伸展着、铺开来；那绿草，东西南北地摇曳着、荡开去；那野花，上下左右地绽放着、盛开着。只见蓝天与绿草、与野花在极远处相连相接、相融相合，看上去无棱无角、无边无际，却又分明有着清晰的界线。看着看着，只觉得天地之间，阔阔大大、空空旷旷、圆圆浑浑、苍苍莽莽；只看见头顶上展示着深蓝深蓝的一个圆，脚底下铺陈着翠绿翠绿的一个圆，遥远处显现着蓝绿分明的一个圆，高空中悬挂着红光四射的一个圆。这一个个圆，一圈一圈，就像是小孩子用圆规认认真真画出来的，规矩、规整、规范。这，恰是无法比喻、不可描述的大自然啊！此时此刻，人，渺小得如一只蚂蚁，如一粒尘土。一个人，能走得出那几个凸凸平平、大大小小、圆圆滚滚的圈圈吗？能改变了这几个绕来绕去、自转公转、时隐时现的圆圈吗？人生就是这样，实实在在的，似有一点玄玄乎乎。其实，那不是玄乎，那是实在中包含着人生的真谛、人世的哲理。

待到天色黑下来，黑尽了。就觉得上天真如穹庐，笼盖四野。不知是谁，一下子就在穹庐顶上钉满了银钉。熠熠闪闪，把周围世界映衬得迷迷蒙蒙、似隐似显；稍远处的一切，模模糊糊、若有若无。这时，只要你仰面躺下，你又会立刻看清，那不是庐顶的银钉，而是夜空的繁星，它们会立刻蜂拥到你的面前，仿佛你一伸手就会触摸到，就会采摘下一颗颗晶莹剔透的珍珠一般的小星星。这时，你才发现，课本上印着的大行星、小行星，民间传说中的牛郎织女星、北斗七星，此时似乎都没在。你想着先数一数这天出场的星星们！奇怪的是，愈看愈多，愈数愈乱，愈是要看明白哪颗星最大愈看不明，愈是想弄清楚哪颗星最亮愈弄不清。这么简简单单的，却确实是这么繁繁乱乱。其实，这不是繁乱，这是简单中包容着天下的博大、天然的幽深。

如果下了雨，下得大，水如倾注，声似潮起，哗啦哗啦，就像天河堤岸坍塌，决口冲开。只是，谁也找不到堤岸在天河的哪一边，决口在堤岸的哪一方。就是这一片天，千年万年，却是谁也找不到啊。雨下得小呢，一根根雨丝挂下来，一样的粗细，一样的长短，淅沥淅沥，又像是谁在拿着喷壶，浇灌着草，滋润着花。只是，谁也看不见那只执持喷壶的手，是天神？是仙女？还是这一片天，老老少少，又有谁看到过啊。虽然那都不过是草原上美丽的传说，恰正是岁岁月月游牧民族敬畏自然意识的美丽想象，是草原文化天人合一精神的美丽呈现。

草原的夏日漫漫长长，蓝天无垠，绿草无涯，杂花无类；草原的夏夜辉辉映映，月光流泻，星辰流动，银河流淌。那是怎样的一种阔大、怎样的一种深远啊！

3

好就好在，夏日的草原，哪里都蕴藏着生命的精神，蓄积着生灵的精奥，透露着生活的精气；到处都充满着勃勃生机，泅漫着蓬蓬生气，洋溢着幽幽生趣。

且不说骏马驰骋、万马奔腾所展示的气势和力量，所显示的气魄和劲头，所透示的气度和机智；也不说放牛牧羊、爱犊护羔所表现的人与动物的相依相存，所表达的游牧生产的和谐和美，所表露的生存状态的艰辛艰难；就以你到了草原就能一眼见到的自然万物来说，一棵棵小草，是最平常、最不起眼的吧，但，进入夏天以后，它就有了一种水灵灵、脆生生的绿色。这时，常常是晚间下雨早上放晴，夜雨对泥土的渗洇，朝露对茎叶的滋润，使它一天一个样，跳跃地长，昂扬地长；比着那些长长尖尖的苇草、茂茂密密的灌木，天天向上蹿着；用不了几天，就变出了一片绿油油、绿茸茸的大草原。更有意思的是，大草原上，几乎每一棵草都会开花。草长得愈丰茂，花开得愈鲜艳。这些花的鲜和艳，就在于色彩缤纷而纯正，色泽明亮而自然。什么天蓝、乳白、玫红、橙黄等，都说得最恰切不过，那是一种本色，即使是最高明的画家也调不出的。再说一株株树，由于草原上四面空空，风，总是席卷而来，旋转着吹，猛烈地摧，那些软弱一点的槐树，树脖子大多是歪的。可歪有歪的独特，茸茸新叶，楞楞新枝，全都歪在阳光足、风力小的这一边。就像如今有的女孩把长发都拢到一侧一样，很有一点时尚的现代气息。槐花开得一簇一簇、一串一串，一片片洁净的白，一阵阵清淡的香。那些榆树，很有灵性，为避开风的袭击，靠近地面的树身很粗壮，主干不往高长，矮柱子般矗立。卵形的叶子密密层层地覆盖着，庇护着也是卵形的翅果。那是一种被称为"榆钱"，可供食用的果叶啊。那些杨树，朴朴实实，风狂风暴，无所畏惧，由着性子长，随着脾气唱；在夏日清风中，杨叶响声忽高忽低，应和着人的心情，很是善解人意。间或还能遇到树干上长着眼睛的桦树，个子总也长不高的山楂树等，都各有个性，别具一格。

再说那一弯从远处蜿蜒而来、不宽不窄、不深不浅的小河。它，没有河岸，没有头尾；但，河身曲曲，水声潺潺，在夏日里，下雨不满溢，天热不干涸。它，就像那牧歌长调一般，没有乐谱，没有歌手，却曲调悠扬，歌声动人，不被历史湮没，不被现代抛弃。是奇迹，却是现实；很特别，却也普通。

夏天的草原，就这样，跃跃欣欣，凉凉爽爽，真好！

绚烂绚丽迎秋季

古今中外，从大作家的佳作到小学生的习作，没有不写秋天的。或写秋天景色，或记秋令收成，或叙秋时虫鸣，或述秋日感怀，常给人留下很深的印象，足见，秋天自有其独一、独特的魅力。在我们这个被称为塞外的地方，春天迟来、夏日短暂、冬季漫长，秋天，恰是一个绚烂、光明的季节。

1

对于秋天的感觉，最先从阳光开始。

入秋后，中午的阳光依然灼热，大人、小孩都还穿着短袖衣服，手里也仍握着遮阳的绸伞。但，一早一晚，这阳光射在身上，倒觉得温吞吞、暖乎乎，既打煞了想要逞威的秋风，又驱散了还想赖着的燥闷，令人觉得舒展而舒坦。一举目，竟发现天空离人们愈来愈远，似乎高了很多，也蓝了很多，是那种净净的天蓝？莹莹的湛蓝？朗朗的蔚蓝？这时，从高空中照下来的暖暖阳光斜斜地伸进每一扇窗户，悠悠的，缓缓的，任人们看着纤尘在阳光中蠕动，树影在墙壁上摇曳，也让人们看到了时间的流逝、季节的变更，让人们感到了生活的流动、时代的变迁。嗨！秋阳是何等的灿烂，秋光是怎样的明澈。欣然，陶然；而后昂然，奋然。

秋阳灿烂，是每一个经历了秋天的人都感触过了。秋光明澈，倒不是每一个身在秋天的人都能体会到的。体会北国秋光，常伴着一种心情。比如，在城市有限的草坪上，成不了林子的一棵棵树，孤零零地各掉着自己的叶子，自自然然，不知不觉，不几天，原先被葳蕤的花叶遮蔽了的乱蓬蓬的树枝，竟已探出了高高尖尖的铁栅栏，妄想跻身于整整齐齐的行道树间。就在这叶落枝疏时，树、屋、路、人，都在瞬间豁然开朗。顿觉天光普照，万物鲜明。还未落下的红叶黄叶，细声细气地等着秋风来送行；刚刚露脸的树尖树梢，挥着手臂等着白云来看望。一条条隐秘的光影在空气里不停地游弋，一道道亮丽的光线在小径间来回地晃动；熠熠闪闪，煌煌耀耀，大人们在秋阳下享受着不热不冷的紫外线，小孩子在光亮中创建着各种各样的游戏场。一天又一天，路旁，树下，落叶不断地多起来，在秋风中、在夕阳下像蝴蝶一样飞动着、舞动着；阳光持续地浓起来，在院子里、在玻璃上像兔子一样奔起来、跃起来。人们听见了落叶告别树枝的喁喁声，听见了阳光走向地面的瑟瑟声，也听见了自己踩着落叶、迎着阳光的哗啦声、窸窣声，像是哪个刚学民乐的小孩子在调弄一架老式扬琴，虽然抑扬无序，却也顿挫有节，恰好为满院金光中叶的舞蹈做了出色的伴奏。

2

令人惊讶的是，偌大的草原不知从何时起一下子就从一地翠绿、苍绿变成了满目金黄、淡黄——金得纯粹，黄得净雅。那夹杂在翠绿、苍绿中的星星点点的红、粉、蓝、紫色的小花，竟也在一时间没了踪影。走近了，蹲下去，仔细看，才发现那些小花的根根花蕊都已变成了颗颗花籽，花籽上有一种说不出来的清清淡淡的香气，直沁心间；又有一星道不明的莹莹闪闪的亮点，映及四周。这时，在灿烂秋阳照射下，草原满满地泛着金光，因着秋风的伴随、草浪的翻滚，那金色的光似丝带一般在草面上掠来飘去，像水面晶晶亮亮的水波，又像一匹大绸缎上的反光。

秋草并不深，只靠到脚脖子上，但，秋风的耐心摩挲，使整片草原平整得如人工修剪了一般，也常常使天上的金色光芒和地上的黄色光辉在这里交汇交融，也使这金黄的草原更显广大、开阔，向着地平线一直扩大开去；这金黄的光照也更觉浓重、强烈，同样向着地平线一直拓展开来。

这世界，就这样充满着黄金般耀眼的绚烂，满溢着金黄色夺目的光明。这时，天空就会传来云雀婉转动听的鸣叫声、雏鹰扑闪鼓动翅膀的拍击声，还有那些叫不出名字的小鸟们欢快自由的啁啾声，也正好是一地金黄中草的成熟、花的结果的快乐和声。

3

当你走出草原，走进乡村，极目望去，高粱在田野里昂着头颅、举起手臂，擎着红色的火炬，高兮兮、直挺挺。玉米在秸秆上穿好风衣、蓄起长须，露着金色的珍珠，黄澄澄、亮晃晃。向日葵朝着太阳扬起脸儿、排好队列，张着黄色的翅膀，光灿灿、笑眯眯。

再走进农家的院子，见向阳的墙壁上、屋檐下，挤挤攘攘，十分热闹：一溜儿放射光彩的，是戴着尖红帽、穿着长红袍的红辣椒，是披着白大氅、拖着长辫子的白蒜头；一顺儿缤纷五彩的，是绛红底黑花纹着装、显得有气质的芸豆种，是青绿色白领子衫褂、有点老成样的绿豆子。至于房前屋后，通红的西红柿、油绿的刺黄瓜、深紫的圆茄子、闷红的老倭瓜，也一起在秋阳下五光十色、异彩纷呈。

进出小院，来去小径，处处是绿变成黄的魔幻似的绚烂，时时是土变成金的沉积着的光明，澄亮而温婉，泽光而殷实。待到天色暗下来，弹弦琴的蟋蟀、唱歌谣的蝈蝈、会抒情的纺织娘，约齐了，开个音乐会，又正好是七彩缤纷中庄禾饱满、果蔬丰润的欢畅的奏鸣。

4

而当你从乡村出来，经过半荒漠草原时，沙漠时隐时现。却在经过一条窄而曲拐的河流之后，顿时一片火亮。在这苍茫的漠地上，胡杨树林正蜂拥着、推搡着从河岸伸展过来，灿烂秋阳下，簇聚着、堆拢着的金色树冠像是在燃烧，火光四射，光照四野。这金色的光亮在微风中抖动着，似火焰在跳跃，犹火花在跳蹦，那气势的盛大，气氛的热烈，宛如大自然为人们举行的一场节日庆祝的狂欢，一次少年成人的仪式。如此绚烂！如此光明！难得的是，胡杨为人们展现的绚烂、光明是独一的，那是一种绚烂的智慧！一种光明的力量！你看，它，为了在荒原上立足，让树身成长得粗粗壮壮、敦敦实实，让树枝抽发得瘦瘦俏俏、纤纤细细，让树叶萌生得茂茂密密、层层分分。壮实的树干支着瘦细的枝桠，自然能顶住狂暴的风、狂骤的雨。奇诡的是，上层的柳叶状叶片藏着春的艳，中层的银杏叶状叶片匿着夏的炽，下层的枫叶状叶片裹着秋的红，在秋季的明朗中润润生亮、熠熠生辉、晶晶生光。它们相互映衬、相互对照，那绚烂的金黄自然更浓艳、更炽烈、更透红；那光明的金色必然更明亮、更辉煌、更光耀。更为可贵的是，胡杨的绚烂、光明，并不只是表乎其外，而是内在于心：胡杨的树皮里，包含着丰沛的汁液，那是为了拯救拓荒者生命的；胡杨的根须里，蓄纳着丰富的水分，那是为了维护耕种者土地的。这，就使人世间的情境与风景一样绚烂，使人际间的情谊与天地一般光明。而这，正是塞外大地的秋季所独有的绚烂和光明啊。

在秋季，在塞外的大地上，无论你走到哪里，你都被金色的阳光照耀着，被金色的草原陶醉着，被金色的收获快乐着，被金色的胡杨感动着。那是生活中的绚烂！那是生命中的光明！

也许你会说，塞外的秋天，难道不下雨吗？

秋天是雨季，怎么会不下雨？下了雨，那湿漉漉的绚烂，那潮润润的光明，又是怎样的一种情境？

大风大雪是冬令

1

北疆的冬天来得格外早。还没有立冬,野性的寒风就呼啸着到处报信,一时间,天气骤变,寒气袭人,小孩子早晨上学时两只手都不敢伸出来,大人们在凉水里洗米洗衣也觉得手指头生疼。

太阳虽然天天出来,却也是蜷缩着,脸儿黄黄的,已经不像以往那样热气腾腾了。于是,风,就得意起来,愈刮愈大、愈吹愈响、愈旋愈烈,一路张狂着、吼叫着、拍打着,直刮得粗粗的枯枝"嘎嘎"地断裂,直吹得厚厚的棉衣"嗖嗖"地发僵,直旋得小小的孩子"抖抖"地扑倒。乡人们一边"冷啊、冷啊"地说着,一边"呼哧、呼哧"地烧炕;小孩子一边探头探脑地走到台阶上把邻家的玩伴喊过来,一边轻手轻脚地站在炕洞边把拣好的黄豆扔进去。在城里、镇上,树下的残叶多了,街上的行人少了;没有了往昔的声喧尘嚣、乌烟瘴气,显得冷冷落落、清清静静。在乡下、草地,秋天的落叶已随风到了远处、枯草已经完全衰萎;而且,也没有了虫儿唧唧、鸟儿啾啾,现出一种少有的寂寥,也显得少见的干净。一切都被风儿凛冽了去。

2

只是,还没有等你静下心、定下神,老天的脸就阴了下来,雾蒙蒙,灰沉沉,好像有多大的心事、有多少的憋闷。这样子,过不了半天,雪花就纷纷扬扬地飞舞，洋洋洒洒地飘落，层层叠叠地聚集；逐渐地，天与云、与树木、与街道、与房屋，上下左右一片银白，山高水远，声息全无，只似乎听取了雪花飘下时窸窸窣窣的声音，听见了雪花着地时簌簌哗哗的声响，听到了雪花相碰时嚓嚓咔咔的声气。就在这似有声似无声的恍惚之间，狂舞的雪花已经无边无际，谁的目光也触及不到它的终极。它，填平了高高低低的坡坎沟壑，掩盖了坑坑洼洼的土路滩涂，遮蔽了丛丛簇簇的红柳荆棘，埋藏了细细小小的草籽树种，勾勒了黑黑白白的房檐围墙，使无尽无限的白茫茫与有长有短的黑线线相映衬、相比照，好像是一幅大自然雪景的水墨画，素雅而恬淡；又像是一卷汲取了大自然光华、描绘着雪的天质与含蓄的写意画，质朴而灵动。那飞上飞下、翻前翻后、花一般的白白的雪，不仅呈现着说不来、道不出的情韵和意境，令人赏心悦目，更表现着一种实在而又玄幻的哲思和真谛，使人怡神开怀。

雪，就这样，下着，飘着，飞着，舞着。天，就这样，阴着，暗着，僵着，冷着。

天地之间，朦朦胧胧，混混沌沌，苍苍茫茫，沉沉静静。

雪为人类带来的沉静，是一种氛围，使人专心，引人自问，促人勤思；是一种心情，使人平和，引人从容，促人慎思；是一种境界，使人理智，引人清醒，促人深思。冬雪年年，年年冬雪，这样的沉静，理应纵贯了人的生命，横括了人的言行。雪，是水的结晶，心静如水之清澈、如晶之明亮，就会折射出百分之百的人世光辉。

3

乡人们经历了春的耕耘、播种，经过了夏的除草、浇灌，经受了秋的收割、扬打，如今，放了心，沉住气，安安稳稳地坐在热炕上，歇息一阵，休整一下，省思一会儿。牧人们也在接春羔、转夏场、打秋草的劳累中安顿下来，回到定居点的新房子里，喝一杯滚热的奶茶，吃一碗新鲜的奶酪，嚼一块甜美的奶皮，静静谧谧地想着牛羊们的起居、孩子们的上学、长辈们的医疗。这时，在城里、镇上，无论是上学的、工作的，或雪天静读，飞雪与积雪相映生亮，在清静中宁心神、聚心思、朗心志；或雪夜沉思，月光与星光交相辉映，在沉静中启心扉、扩心阈、益心智；万籁俱寂，心无旁骛，又未尝不是美好、美妙的事！

一切的沉静，沉静的一切。

沉静中，天更蓝、更辽阔；地更沃、更湿润；自然万物更蓬勃，更生动。

4

雪后放晴，太阳出来，满地反光，又该是一种异样的银白和光明、一种别样的灿烂和辉煌吧。却不料，当太阳想把它所有的暖热都给予人们、想让所有人们都走到雪地里来观赏一下这纯洁、纯净天地的时候，雪却抢先偷热、乘机融化，还故作炫耀，招徕北风。于是，冷风呼号着、咆哮着，刮过来刮过去，把太阳吓得苍白了脸，赶紧躲进云层里；又把积雪从地面上卷起来、再扬开去，造成一种晴天还下雪的假象。更没料到，雪随风劲，风假雪威，顷刻间气温一降再降，直降到零下几十度。这时，就像谁施了魔法一般，所有表层的雪都在瞬间变成了一件件挺括而晶亮、靓丽又透明的冰大衣，在风中抖落着、显摆着，发出好听的声音，闪着好看的光彩。只是，过不了一会儿，走到屋外的大人和小孩，鼻子很快从冻红到冻僵，手指头立马从冻木到冻疼，耳朵则冻得透亮、发麻，据说，这时如果立即进入热屋子里一撸，耳朵就会即刻掉下来。我并没有见过有谁掉了耳朵，但用这样的情景来形容天气的酷冷和严寒，还是有现实根据的，而且也可以把爱出外玩耍的小孩子震慑住。

民间有谚语说："冷就冷在风里，穷就穷在债里。"那在融了雪的昏黄而冰冷的阳光里穿过的寒风，吹在脸上，刀割样锋利；吹进身上，刺骨般尖锐。所以，北疆人们冬日外出，得戴有护额护脸的兽毛皮帽，需穿有毡套毡里的高筒靴子。正因为这样，这里的冬日，岂是一个"冷"字能概括了的？因此，人们不是说"冷"，而是说"冻"！常听人们开玩笑地说："啊呀呀，快把我冻成冰棍儿了呀！""多站一会儿，一个大活人就会变成一尊冰雕！"这，似是玩笑，却是真实。记得安徒生童话《卖火柴的小女孩》一开头就写"天气冷得可怕。"想必北欧的丹麦也是这样的冷吧。

　　冻，可谓冷之极。但，正因为"冻"，把害虫和它们的虫卵统统冻死在地里，把植物们的种子好好保存在地下，又把病菌和污染的传播一起灭绝在大气中。正因为"冻"，使一层层的雪渐渐地洇渗进田野，滋润着土壤；使一棵棵树木细细地保护着伸向大地深处的根须，慢慢地吸吮着蓄在泥土内层的养分；又使大人和小孩子的身体和意志得到砥砺和锻炼。可以说，北疆冬日里的大雪大风、大寒大冻，显现着大自然自身、自然与人和谐生存的必然，展现着旷古自然的淳朴和生命原始的律动；呈现着生命本体在寒冬里的艰难与艰辛、自得与自如。面对"冷"与"冻"，大自然与人们，都单纯而宁静，沉着地适应着、调整着、萌动着、奋发着，期待着生命中新的开始。

　　有句名言"冬天来了，春天还会远吗？"说得真好。

　　是啊，冬天在沉静中沉积、沉思，以迎接活泼、活跃的春天。

第二章

草原 林间 山岭

与邻国相接的草原

北疆的草原，由于与邻国的草原相接，显得特别的辽远、空旷，莽莽苍苍，一直向天地连接处延伸。人在车里，只觉得草原也在快速地飞驰，蓝色的天空也不想落后，奔跑着、追赶着。只见极远处蓝天和绿草连接在一起，是那种不是调和出来的纯粹的蓝，是那种不是涂抹得出的新鲜的绿。那是有生命的、活生生的色彩！这时，眼前掠过一片片白色。车开得太快了，竟分不清哪是天上的云，哪是地上的羊。

几场大雨之后，天气热起来，天空朗朗的，似乎听得见青草拔高的声音。放眼看去，人一般高的青草密匝齐整，无拘无束、自由自在地铺排过去，一直铺到望不到的远方。

不过，这里的草原不很平坦，起起伏伏，可能是山丘的延伸。坐在车里，很像是坐在轮船里，有一种在波浪中前行的感觉。常觉得绿浪迎面扑过来，那些在草原上空飞着的小鸟就像海鸥似的，一路追逐着我们。这些小鸟都鸣叫着，唱着好听的歌。

从北边那个国度里吹过来的风很大，整片草原像海浪那样波动起来。我们从车上下来看，像是有人在遥远处不停地用手抖动着一块巨大的绿色绸子；而且，抖动这块绸子的人似在不停地变换着方向，草浪跌宕不定，浪头时高时低；风势猛烈时，浪头似乎已经扑到了人的身上，人像是被卷着、推着似的，必须背着风才能避过这个劲儿。

这时，草浪起伏处，隐约可见一些昆虫从草地里展翅飞起。本来掠着草尖低飞的鸟也惊恐地射向高空，在天上盘旋。也有一些看不清模样、叫不出名字的小动物突然从草根处蹿出来。风惊着的，不只是我们，还有小虫、小鸟、小兽呢。

天正热。可我们再次坐进车里时，只把车窗开了一条缝。从这条缝里挤进来的风就能把我们的头发吹得飘呀飘的。身子和心情都和风一样，凉凉的，爽爽的。这是坐在都市的空调下永远都体会不到的。这是一种大自然赠予的凉爽。

在锡林郭勒草原上

锡林郭勒草原，夹在内蒙古中部和东部之间，那里是一个美妙、神奇的世界。

草原上的天空碧蓝碧蓝，无边无际。一直看下去，远处那座高山的顶峰正碰着了天；又见广袤草地的尽头也与天相连。当地人说，那山多高，天就多高；这草地多远，天就多远。草原上的云，真好看。仰头看上去，就像是一群大白马跟无数小山羊在辽阔的碧空中嬉戏。可一眨眼间，白马和山羊就会跑得无影无踪。猛回头，见它们已经高高兴兴地来到了一望无际的牧场上，正昂着头，竖起耳朵，在听牧人心中流淌出的悠扬的长调和亲切的呼唤。这时，云又从远空飘来，高高低低，层层叠叠，又似乎草原上的白毡包房都迁到了这广阔的万里长空。草原上的云，真正是瞬息万变。

如果草原上的云积得厚了，刹那间就会由白变灰，由灰变乌，由乌变黑，那就马上要下雨啦。常说草原上的天气像小孩子的脸，说变就变。真是这样。当黑云遮没太阳，风就立刻为它助威。于是，千万根透明的雨线直直地从天上掉下来。那雨线，一样的粗细，一样的纯净，一样的柔韧。草原上的自然万物接受了上苍的洗礼。待到雨过天晴，洗净的蓝天上就架起了一座七色彩虹桥；绿地上，草蹿高了，各种颜色的野花都开了；每张草叶、每片花瓣上都漾动着晶莹闪光的水珠，一样的圆润，一样的亮泽，一样的光洁。这时，草原上的孩子都急切地想走到彩虹桥的这一边，想扶着那红色的桥栏到天上去；可又想把那些大大小小的水珠子采集了带回家。可是，一心二用，就一事无成。

下雨的时候，那条千百年来在草原上流动的锡林河最开心，叮叮咚咚的，奏着动听的音乐。每一滴雨都使她的脸上现出笑窝，她扭着身子弯弯曲曲的，像是在跳草原上传统的蒙古舞呢！如今，现代化的草原建设扩展了她的视野，大水库的建成使她的胸怀更为宽广。风吹过，水面上微波荡漾，是她心潮起伏。这时，河畔的畜群、穿着鲜艳蒙古袍的牧民妇女和孩子，连同蓝天白云，都倒映在水中。美丽的大自然和美妙的牧人生活都容纳在这条古老而现代、旱天不浅、雨天不涨的细细长长的小河里。

沿着锡林河向草原的深处走去，看到这里的牧草长势旺盛，其间还长着许多可以供人食用的野菜，如蕨菜、野韭菜、沙葱等。牧人们把这些野菜采来，拌在羊肉馅里包饺子，那是最上等的美味。现在这里已建起了罐头厂，把这些稀罕的野菜做成罐头，远销海内外。

小小的锡林河滋润着草原，养育了草原上的一代代人，还默默地为祖国蕴藏着各种各样的资源哩。

草原上的成吉思汗陵

成吉思汗，是统一了蒙古各部的大人物，不仅是为中华民族的发展做出了杰出贡献的民族英雄，而且是一位威震四海、名扬全球的历史伟人。

我几乎每年都要到成吉思汗陵宫去，大都是陪远道而来的朋友去的。清早从呼和浩特坐车出发，经呼包高速公路，到位于鄂尔多斯高原中部的鄂尔多斯市的东胜区，再往西南行，近中午时就能到达伊金霍洛旗。那里有绿色无垠的甘德尔草原，使你骤然间置身于飘逸的云朵和广袤的草原之间，刹那间心头涌上对自然博大的感受和对历史无尽的感觉。这瞬间的感触和感情，非亲身经历决无从说起。那是一种从心的深处涌流出的无比庄严的激情！

走进陵宫的大门，就走进了历史所铺展的画面、所渲染的氛围里了。

迎面，花岗岩台座上成吉思汗骑马奔驰的塑像栩栩如生，策马声、马蹄声、风啸声，似乎都在耳边。拾级而上，就见三座相互连通为一体的蒙古包式的金顶大殿坐北朝南，巍然耸立，殿宇飞檐，金碧辉煌。正殿高二十五米，中央是一尊高大的白玉石雕成的成吉思汗坐像，威风凛凛，英气咄咄，目光远视着四野八荒，手掌抚着膝盖，若有所思，似乎胸中早已酝酿成熟了兴国安邦的宏韬伟略。

后殿是寝宫，排列着三座用黄缎子包裹着的蒙古包，依次安放着成吉思汗和他的三位夫人、两位胞弟的灵柩。东殿内是他的父亲和母亲的灵柩，西殿内供奉着象征成吉思汗战神的苏鲁定（长矛）和战刀、宝剑、马鞍等。大殿内四壁，装饰着富有蒙古族风格的壁画——围绕成吉思汗生平业绩，以人物、故事情节为线索，按时间顺序描绘了元帝国时的历史图景。成母训子、弟兄习射，感人至深；而以弱胜强、削平群雄，更令人振奋。壁画中生动的历史人物，壮观的征战场面，引导人们进入当年金戈铁马的岁月，神游于塞外风吹草低的意境。

成吉思汗的陵坐落在这辽阔的天地之间，是蒙古人民心中的圣地。

草原季歌

春来时

  草原春来，雪花仍不时地从天上飘下来，天地间总像蒙上了一层白纱，远近的山河也变得隐隐约约。草原就这样成了银色世界，让人分不清东西南北。

  不过，春天的雪，下就下，停就停；只是雪后的太阳被迷蒙的云雾笼盖着。雪原是白的，阳光也是白的，远远望开去，天与地连成一片，无垠的雪白，无比的雪亮，使人懂得了什么是辽阔，什么是空旷。

  春风，最先从东面大山的夹缝中挤过来，把飘散着的云吹拢在一起。云厚了，春雨正好踩着来了，跟春风一起，把天空洗得蓝蓝的，十分清爽；又让绿的草和七彩的花儿都喝足了水，长高了个儿，散发着生气。当春风走过它们身旁，它们都摇晃着身子，点头微笑。

  春风一刻不停地走着，先叫醒了森林里的白桦树和松树，看树排成整齐的队列，"哗哗啦啦"地唱歌，又昂头、伸臂，做运动，然后，又去帮助湖泊挣脱冰的压迫。它们自由了，就一起"吱吱嘎嘎"地笑着、闹着，快活极了。

  春风把快乐带给大家，

  大自然中最早报告春天消息的，是那些遍地都是、随处可见的小草。春风吹醒了它，春雨哺育了它。它从地底下拱上来，从缝隙里钻出来，从墙沿边挤过来，长着、绿着，蓬蓬勃勃，茂茂密密。转眼间，满目春色，满城春意。小草虽小，绿化的功劳不小。

大自然中最坚强的也是小草。无论南方的炎热、北方的酷寒，都能忍耐；无论山地的干旱、洼地的潮湿，都能适应；无论风雨的打击、众人的踩踏，都能复活。小草虽小，生命的力量不小。

夏日

夏天是草原上最好的日子。下过几场雨，草就绿得又深又厚，草尖上的露水会把牧童的裤腿全都打湿。广袤的草原上，绿色流淌着，好像时时都会溢到地平线外面。这时，牧人们就要去走敖特尔了。

于是，在遥远的草原深处，似乎变魔术一般，会突然冒出一座白色的毡房来。孤零零的一座。远远望过去，就像是哪个牧人无意中把盛奶酒的银碗遗落在这里了。

于是，我们从远处吹过来的风中，不仅闻到了一股股浓浓的湿土味，还有一阵阵微微的奶酒的醇香。一份深深的情意就会飘进你的心里。

夏天是草原上最好的日子。一场透雨过后，草绿得翠翠嫩嫩的。当远山露出曙色，朝霞沿着天地连接的边缘倾泻而来，大草原就静静地泛着油光光的绿，轻轻地涌动着绿的光波。一缕缕的绿光闪烁着、跳跃着、燃烧着，直到阳光散开来，使草原变成了茫茫无际、波光粼粼的草海，奇丽而壮观。

夏天是草原上最好的日子。风，总是跟阳光在一起，亮亮的、闪闪的，还是柔柔的、软软的。风中有着香气，那是一缕缕夹杂着苦涩的草的清香，是一丝丝气味清新的野花的芳香。还有从远处飘来的一滴滴淡淡甜甜的奶的醇香，神妙而温情。

夏天是草原上最好的日子。雨，断断续续地下着，草就一下一下地往高长。不几天，草儿们跳跳蹦蹦、挤挤攒攒，直到掩盖了草丛中的砾石，遮住了牧人踏出来的小径。这时，无论你是骑着奔跑的骏马，还是赶着慢行的勒勒车，都像是在神话中的飞毯上掠过。只见马掠过时的起起伏伏、稍纵即逝；只见车掠过时轻轻松松、一晃而过；马蹄、车轮几乎没留任何一点痕迹。马、车远去之后，绿草依然蓬蓬勃勃地茂盛，草原仍是平平展展地延伸。马，融进了草丛里；车，停靠在草地上。这深深的草原，永远是牧人心仪神往的地方。

夏天是草原上最好的日子。一阵雷雨过后，各种蘑菇就悄悄地拱开地皮，顶着松松软软的泥土，一夜之间就长出来了。这时，只要拨开草丛，就会见到洁白的圆盖儿，把手伸进圆盖儿下面摸着那根圆柄，一提——嘿，一棵大蘑菇！再一闻，呀，满是喷喷香！本地人叫它"雷窝儿"。据说一打雷它就长出来，雨一停就能长到碗口大，而且十几棵挤在一起，捡上两三窝就能装满一篮子。

最开心的就是碰上蘑菇圈。蘑菇圈这东西怪怪的，一圈圈泛着白色，十几米直径的圆圈，没有一棵蘑菇长在圈外，也没有一棵长到圈里，都挤在蘑菇圈上，整齐得就像战士列队出操；那圆圈也如圆规画出来似的。当然，只要有谁发现了，这一大圈蘑菇就都归他所有了。

秋韵

在大草原深处，人去得少，草长得老高老高的，还真有一点"风吹草低见牛羊"的感觉。

在秋天还没有真正到来之前，这里已经是一阵风一阵雨、一阵雨一阵凉了。风，叫着喊着，从北面很远处的山口子里闯进来，一下子驱散了草原上的热气，早晚冷兮兮，中午凉飕飕。蒙古包里靠近地面的毛毡围子就不再翻起来了。只是包顶上的圆形天窗还日夜开着。风，不敢从高天上跳下来，它害怕那高耸林立、银光闪亮的风车式发电杆会抓住它不放。它就慌慌张张地绕着蒙古包，顺着草尖儿、伴着雨丝儿，吹来吹去。

待到雨过天晴，大太阳出来一晒，新长的青草都带着香味，嫩嫩的，鲜鲜的，一种牧草特有的苦涩味，混合着草地独具的清新味，闻着润香而清爽。而那些已经在结籽儿的草，那味道就不一样了，郁郁的，沉沉的，掺杂着从草根里冒上来的潮乎乎、湿漉漉的泥土味，更觉温馨而清香。这时，风过来，掠去了草叶上的尘土，拂掉了包顶上的沙粒，使这片草地更加纯洁、纯净。然后，风又把满溢在草地上的馨香和芳香，吹到东，吹到西，吹入每一座毡包，吹遍每一处角落，吹进每一个牧人的鼻子里、心坎上。

风，愈吹愈紧；雨，就愈下愈少了。牧人们就趁着天晴来打过冬的牧草，青草呼啦啦地成片倒下，草镰割开的创口里，拥裹着看不到却能感受到的细小生命的潮流，汹涌着淌在阳光和泥土里，也淌在额头和鼻尖上。草香中又融进了阳光的喷香、牧人的汗香。这，是秋日草原的味道和情韵。

从呼和浩特到北京的航班都是清晨起飞。一到秋天，白昼越来越短，途中常看到日出景象。

飞机飞在大地之上、云海之中，人坐在机舱里，在那动与不动之间所看到的朝日，那鲜红与鲜润，是用语言形容不了的。

未见那轮朝日时，先看到它给云的光。霞光使云变幻成各种美妙的风景，又把这些景物染成嫩红色，眨眼间，朝阳浮出云海。但，随即被埋伏在上方的云团遮挡住。这时，流云在它的下方燃烧起来，把万道金光洒向天地。

到大森林去

内蒙古东部地区的兴安盟，地处大兴安岭中段，是我国重要的森林资源基地之一。我长期在内蒙古工作，那里自然是一定要去的。

秋季的一个晴朗的早晨，林业局的同志带我从伊尔施镇（这里距蒙古国边境仅十七公里）动身，向森林深处进发。车行约一个多小时，就进入了苍苍莽莽、郁郁葱葱的大兴安岭森林。人们常把森林比喻为"林海"，果真如此。

在林中抬头望，树冠紧密地交错着，汇成无边无际的绿色海潮。风起时，绿潮滚动，发出的"林吼"，就如海啸一般。再低头看，表层长满绿色苔藓的粗大树根互相缠绕着，就像一丛、一簇的绿色海藻，与满地都是的绿枝、绿叶、绿草相映相衬，好比是一片又深又广的海域。不时地有一些叫不出名字的小生灵飞掠而过，便在这"海域"里掀起层层绿波、排排绿浪。这时，置身其间的人便觉得在摇晃着、颠簸着，感受到在绿色海洋上的那份适意、那种眩晕。满眼绿色之中，也就分不清东西南北，辨不明早晚时辰。如果没有林业局的同志做向导，我们肯定会迷路。

当然，森林又绝不是单色调的。正如海水经阳光照射会呈现出五光十色，森林里的诸多树木也会因季节的变迁而呈现为五彩缤纷。当我们走出了密密层层的松林，眼前就不再是清一色的绿。

树木第一个得到秋天的信息。在我们眼前，杨树枝摇曳着金黄的叶片；脱去绿衣的白桦，挺立着洁白耀眼的枝干；枫林是满怀激情的，它用对人间炽热的爱把叶子染得通红；而柏树则一如既往地伸展着纤细而坚韧的枝叶。这红、橙、黄、白、绿几种颜色，把大森林渲染得犹如一幅水彩画，分外艳丽。再细看，红，红得热烈；橙，橙得醒目；黄，黄得成熟；白，白得明净;绿,绿得鲜亮。而树木枝叶呢,或常绿,或变色,或更新,年年月月循环不已,包蕴着生机的盎然、规律的必然。这大森林,展现出大自然的丰富和美丽,展示着生命的蓬勃和生活的美妙;也似乎在诉说着人生的深奥、世事的沧桑。

啊,大森林!它,岂止是有内涵、有意蕴;还有情趣、有意味呢。

就在大森林的边缘上,忽然看见,有许多呈各种各样形状却都是黑得油亮的岩石,那千姿百态、亮光光的石面上,可以说是寸土难积、滴水不存。但是,每一块这样的岩石上都生长着一株株松树。走近去看,见那一株株松树都不往高长,只是贴着那些左凸右凹、奇形怪状的岩石表面横着伸展;全都卧着、爬着、躺着、仰着,却无两株是同一姿势的,也无两根枝丫是同一模样的,可每株树的枝叶都繁盛茂密、青翠细嫩;又由于一块块岩石都是独立的,所以树身不长,似乎从底部就开始分枝长丫,那枝枝丫丫都张开着、交错着,那茂密的青翠就都成了一团团、一簇簇,如此绵延数里,蔚为奇观。迄今为止,在这个世界上,似乎还没有听说过有这样的树林呢!我是一个遇事爱追根究底的人,因此很想知道这一株株松树植根在哪里。我围着那团团簇簇的绿色,绕着圈子走,拨开枝丫看,还是看不出它从哪里长出,而只看见它在那里爬着。大概它就是靠全身的裸露来接受阳光的抚育和雨露的滋润吧。因此它就被叫作"爬地松";而这在遍地岩石上爬着的松丛,又居然集丛为林,当地人称之为"石塘林"。这是兴安岭森林中的一大奇观。一年四季,它都在向人们展现着大自然的生动和生命力的顽强,显示着世界的丰富、个性的独特。

森林周边,又有许多细长、曲折的河流,终年流动,始终清澈。阳光下水波粼粼,月亮下光点闪闪,都不是写文章的人刻意形容,而是这片大地上的真实风貌。沿着河流放眼望去,一面面山坡上,又都是林业工人营造的人工林带,树木整齐成行,笔直参天,就像是列队的士兵,又别有一番威武、森严的景象。

啊,大森林!那么神奇!那么秀美!

白桦林的夏与冬

东北疆诸多的树木中,最美的要数白桦树了。

在毗邻俄罗斯的额尔古纳河的河岸上,生长着一片片洁白光亮、光彩照人的白桦树林。一到夏天,它伸展着枝丫,叶片浓密,叶荫重叠;在炽热的阳光里,簇簇绿叶闪闪发亮,如翡翠宝玉在半空中熠耀,如绿色绸伞在天地间张开,给人以沁人心脾的荫凉和心旷神怡的惬意。

看上去,白桦树美丽而柔弱。

于是,夏日林间的狂风就常常骤然间呼啸起来,向它扑去;滂沱大雨也会逐风肆威,或猛击它的躯干,或摧掠它的叶衣。但,它只是摇晃了一下,它的柔润而舒张的枝丫,宛如千百股绿色细丝,在风中抑扬起伏;天上倾下的雨水顺丝流下,虽柔弱却坚韧,既美丽又刚强。白桦树历经风雨雷电,轰不到,击不歪,压不弯,摧不折。这是白桦树的最美。

只是,夏天转瞬即逝。凉冰冰的秋风一吹,寒冷的冬天立刻就到。

东北疆冬天的寒冷,任何语言都形容不出。那是一种彻骨的冷、刺脸的冷。扛过这样的冷令人难忘。但,最使人难忘的,还数寒冬中的白桦林。

记得,是一个冬日的下午,空中不时飞掠着闪着莹莹寒光的雪粒。天空一片瓦蓝,好像刚刚被冰雪的帛巾擦拭过,蓝得明澈,蓝得透亮。一大片桦树林静静地伫立在广袤的雪原上。它们的树干修长、纤细,却直立、挺拔,永远仰望着蓝天;它们的枝条秀美、柔软,却刚劲、不屈,永远显示着力量;通体洁白,棵棵独立,与天空、雪地融为一体。

这时,走进白桦林深处,走近棵棵独立的白桦树,才看清每棵树上都有暴起的树皮和深深的裂口。这是它们一次次与风雨雷电抗争所留下的伤口，是一次次苦难的印记。这是它们独有的深刻，是一种悲壮的美丽。不知是北疆的雪原造就了白桦树，还是白桦树点缀了北疆？

独特的红花尔基森林公园

在我国的许多省份，都有森林公园。但，地处内蒙古呼伦贝尔市的红花尔基森林公园，却与众不同，别有天地。

我到红花尔基森林公园去时，正是秋高气爽的九月。红花尔基，在大兴安岭深处，在呼伦贝尔草原的一大片沙地上。这里，漫山遍野都是高大、粗壮、挺拔的樟子松树。每一棵树都有几层楼高，而且棵棵都树干笔直，树顶直指蓝天。虽然西伯利亚凛冽、强劲的寒风年年都在这里刮好几个月，却丝毫不影响它们往高往直地生长。它们抵挡严寒、抗击狂风的刚正、刚毅的品格，在松树家族中是有名气的。

更令人赞叹的是，所有的樟子松树都甘愿落脚在贫瘠的沙土地上。它们真心地要在这里做一点有益于人类的事情，就把根牢牢地、深深地扎在大片大片的黄沙土中，最深可扎入地下三十七米，相互交错，相互环绕，它们因此而不怕干旱，不惧风暴，也因此用自己的根须缠住了黄沙的腰，捆住了黄沙的脚，使危害人们田园的黄沙动弹不得。所以，遮云蔽日的樟子松林，不仅使空气里满溢着清新、清爽的松树香气，而且为国家储藏了大量的森林资源，它们还更是挡风治沙的功臣呢。

不过，令人们不解的是，高高的兴安岭，茫茫的呼伦贝尔草原，怎么会跟漫漫的黄沙地连在一起？原来，三个世纪前，红花尔基地区是一片广袤的樟子松原始森林。中华人民共和国成立前，除了被野火焚烧，更遭到日本侵略者的掠夺式采伐以致地表裸露，风沙滚滚，只在较高的山岇、陡坡上和低洼的沙丘中残存下一条林带。直到二十世纪五十年代初，由于护林防火、封山育林等各种措施得以实现，使林地条件迅速改善，地力和植被逐渐恢复，幼林开始大量更新，樟子松森林的面积才得以不断扩大。如今，这条樟子松林带的面积已达到十三万公顷。红花尔基，蒙古语是"盆地"的意思。细看这里的地势，确实像一个盆地。它，四周被大、小兴安岭环抱，弯弯曲曲的伊敏河从北面绕山静静地流淌，东、南、西三面坡地上覆盖着一望无际、蓊蓊郁郁、苍苍莽莽的樟子松林。在树荫下的黄沙地上生长着叫不上名字的青草和野花，绿、红、粉、蓝、黄、紫，茂盛而茂密、鲜艳而鲜亮，美得非常天然，无可言喻。这块十分贫瘠的沙地，因为有了樟子松而变得生机勃勃、生趣盎然。

秋天正是北部边疆地区气候最宜人的季节，天高云淡，晨昏无雾，所以我们又等着在第二天清晨看金秋大兴安岭的日出。

那天一早，我们登上红花尔基南山的瞭望塔。这是一座近八层楼高的铁塔，塔顶的风比地面大好几级，秋日晨风已经透骨的凉，如果不是那轮红日刹那间在樟子松林的边际露出了头，大家就像是要冻僵了。但，红日刚刚升起，却又在眨眼间离开了绿色松林向天空中飘去，真是神奇、神妙。奇和妙都在那珍贵的一瞬间。那瞬间中，红日与绿松的交相辉映，一轮红日在一片绿色松涛上的跳出飞起，跟任何山顶、海上的日出景象是不一样的，是无可比拟的。

这时，旭日初升，秋风阵阵，在樟子松林里走，见日光熠熠闪闪，条条点点，又见重重墨绿之中有片片金黄，十分耀眼。原来，在樟子松林的方阵间、边缘上，常有一簇簇、一丛丛白桦树相伴相随。那白桦树经过霜打，叶子变成金黄色，在风中舞动着。那份秀色，那般多姿，非此时此地极难见到。

回来的路上，见几个女孩在樟子松林的边边上采一种暗红色的蘑菇。据说这种蘑菇叫鸡血菇，是樟子松林里特有的，味道好，营养好。大自然对人的馈赠真是说不完、道不尽啊。

林间小河升雾霭

黄昏时，汽车从林区的伊尔施镇开出，我们准备到阿尔山市去住宿。那条公路的一边是陡陡的山崖，另一边是窄窄的河流，真正的依山傍水。仰望高山，石壁耸起；俯瞰小河，水流湍急。车走了一个多小时，太阳的光线从西边低低地射过来，天空由灰变成灰紫。这时，突然看到那条细长小河的河面上有一米多高的雾霭，弄不清是什么时候出现的，只觉得一刹那间就变出了这雾。这雾，有的地方薄，缥缥缈缈，飞飞升升，悠悠荡荡，有点白，又有点灰，令人想到往昔年代里蒸汽火车头开过时候的情景，只是那释放的蒸汽是一股一股的，而眼前的薄雾是丝丝缕缕，拉拉扯扯，没完没了。大概是河有多长，雾就有多长。这雾，有的地方厚，像一团团白云，聚拢着，推涌着；又像一堆堆羊毛，越堆越厚，越堆越长，又令人想到草原上阴天时的天空，似乎听见了牧人们剪羊毛的声音，只是弄不清，是天上的白云掉落在地上，还是地上的羊毛扬飞在天上？

这时，天色黑了下来，两个车灯射出两道强烈的光，照着前面的路。一边的崖壁一下子变成了一个个"黑色巨人"：嶙峋的巨石是巨人的头，山缝间长出的小树是巨人的手臂。有意思的是，巨人的手都指向小河这边。黑暗中，河身与河那边的房舍、小屋都已经看不见了。唯有这雾，似乎更浓、更厚，在车灯的闪射中，又像一条看不到头尾的白色巨龙在宇宙中飞舞，伴随我们一路。我们的车开得很快，"黑色巨人"在一边迅速地退开去，墨黑的天色和漆黑的空间把这条白龙衬托得那么明显，好看极了。车开到一盏明亮的路灯下停住了。我们想在明亮处看个究竟。可是，下了车，走到小河边，却什么也没有看见，眼前混沌一片，只感到河面上有水汽在冲上来，拂过脸颊,湿润润的。车开了以后,从车窗望出去,那条白龙却又出现了。等月亮出来了,皎洁的月光洒下来,白龙的舞姿似乎更生动了许多,月色朦胧中,又有了几分神秘和神奇。

后来得知,这里仍属于兴安岭林区,这一地区的地下是一个矿泉群。矿泉水能治百病,被百姓称为"圣水"。也许,这条小河的河底就有几个小小的泉眼吧?也许,这似雾像龙没有尽头的水汽就是那"圣水"形成的幻象吧?

山林河谷多奇丽

兴安岭的半中腰，有一片幽远、静谧的山林峡谷。

从北京到兴安盟的乌兰浩特市，再坐上向北的火车，一路上坡，一路山转水转，一直转进两侧紧逼的高山，唯余一线窄窄的坡道容铁路蜿蜒盘上。突然，列车前方涌现出一湾碧水，巍巍大兴安岭群山齐刷刷地向南北两个方向退去，却见远道奔流而来的洮儿河水在这里憩息漫游，一片绿色世界在远山高耸，苍绿与翠绿相间，油绿与碧绿交杂，绿得透亮，绿得晶莹，苍翠欲滴！

这里，就是那个山林峡谷——索伦河谷。

走进河谷，只见南北两侧的山峰重重叠叠，颜色深深浅浅。只看见山顶连着天，天连着山，确有一种山高天远的感觉，觉得宇宙是这样的空旷，大自然是这样的奇妙，人竟是这样的渺小！刹那间，这种感觉非常真切和深切，心境却因此开阔和开朗！

在河谷中走着，脚下踩着湿润而松软的土地，空气中飘散着树脂的清香和木质的芬芳气味，潮兮兮的，深深地吸上一口，顿觉神清气爽。此时此地的感受，是任何一个生活在城市里的人所想象不到的。这样清新的空气，这样幽静的环境，是用多少钱也买不到的。我立刻想到生态环境的保护对于人类是多么重要。

河谷中树多林密，有松、桦、杨、榆，也有其貌不扬的柞树，有纤细颀长的红柳，还有一种名叫万年蒿的矮树，那是我见到的最低矮的树。高高矮矮的树不下几十种，用"茂盛""繁荣"来形容这里的树丛，是很确切的。正由于树多林深、山高水清，被内地和沿海地区的人称为"山珍"的黑木耳、花脸儿蘑菇、金针菜、蕨菜，在丛林里俯拾皆是。六七月间，草甸子上遍地是开着金灿灿黄花的金针菜，满目金黄，芳香扑鼻，是河谷里一道极奇丽的风景。金秋时节，这里还到处长着好看好吃的野果，红玛瑙似的山丁子、黑珍珠般的稠李子，还有吃起来酸滋滋的山里红、甜津津的水葡萄。这一切，大概都是大自然对人类的友好馈赠吧。

向河谷的深处走去，更觉群山苍苍、河水潺潺、林木郁郁、丛草深深。听轻风与绿叶的"沙沙"低语，看白云与薄雾在飘飘共舞，眼前就是美妙的童话境界。

岭下坡脚遍金黄

在大兴安岭里走着，无论是走在斜坡上还是走到山脚下的沟滩里，总会闻到一阵一阵的香气。那是一种沁人心脾的清香，清淡而清醇，清幽而清爽；那是都市里的人从来没有闻到过的，即使是在偌大的花圃或高档的花店也不会有这样的气息。

走上前去！迎着这清心的香，就会看到一大片一大片黄花地。远远看去，纯黄纯黄的，黄得鲜丽而鲜艳，黄得明净而明亮。近着去看，花朵大大，花瓣厚厚，花筒长长，花与花之间紧挨着，层层密密，亲亲切切。正是这样，这黄，就显得更加深重、更加浓艳。或许由于那正是清晨时光晶莹的露珠还在花瓣上滚动，湿冷的露水还留在花蕊里，就更觉着这黄深重得滋润、浓艳得水灵，化不开、褪不掉。到了中午，炽烈、灿烂的阳光直直地照在每一朵黄花上，可是，光透不下去，也漫不进去。眨眼间，朵朵黄花金光四射，一线线金光在花的上方映照着、融合着，使一片片的黄花地即刻成为金光照耀、光彩夺目的奇丽天地。这是怎样的一种金黄？它，熠熠闪闪，绚烂无比，是蓬勃生命力的一种美妙呈现；它，亮亮净净，光明无限，是本色大自然的一种素朴展现。是无声的美妙？是无争的素朴？这金黄，是黄金本身无可比拟的。

我从心里喜爱这遍地的黄花。虽然，在山野林间，这是当地人眼中最平常、最普通的一种野花。他们看多了，看惯了。而我，却想多看一看，好记住这灿烂的金黄，记住这动人的艳黄；记住这平淡、寻常中的诗意，记住这素朴、自然中的韵致——它给绿的泥地铺上一层醒目的黄，硕大的花朵昂着头，一脸的欢欣无比。那无需人们刻意地培育、浇灌，却日日在跃动的生机、天天在向上的生气，难道不正是它所独具的一种魅力吗？魅力，体现着一种精神、一种气度。越是平平淡淡、自自然然，就越能显示出这一点。

但，这黄花令人难忘的，还不仅仅在这一切的外在和内在，还在于它对人类奉献得彻底。如此素丽的黄花其实就是那十分珍贵的金针菜，既供观赏，又可食用和入药。应该说，大自然给予人类很多很多，人类在接受这些馈赠的同时更不应忘记感恩大自然。

鄂伦春猎人的欢与乐

在内蒙古东北部，有一个鄂伦春自治旗，是鄂伦春族人聚居的地方。

那里是真正的猎人之乡。从遥远的古代到二十世纪后半期，鄂伦春人世世代代游猎于大兴安岭密林深处，吃兽肉，穿兽皮，住"仙人柱"（一种用柳木杆交叉搭建的圆锥形帐篷。冬天用狍子皮覆盖，夏日用桦树皮围住）。如今，猎人们定居在一个个"高鲁"（屯子）里，全都住进了砖瓦结构的新房子。

我住在屯子里最出色的猎手喜勒特很家里。虽说是里外套间，主人却还保持着本民族的生活习惯。他们在里屋的角落铺一层厚厚的茅草，上面展开几张犴皮、狍皮、野猪皮。一条穿屋而过的横杆上悬挂了猎枪、猎刀和桦皮桶，还悬挂着一只绘有精致图案的小摇床。摇床的吊绳是用狍脖子皮做的，又软和又结实；摇床上垂饰着野雉腿骨磨的珠珠和兽毛交织的各色穗丝，喜勒特很家的"壳壳"（小男孩的统称）躺在摇床里。喜勒特很一面擦拭猎枪，一面把脚套进绳圈里来回地摇动着幼小的孩子——他的小外孙，用嘶哑的嗓音唱一支古老的赞达仁（民歌）来催眠；一面又不时地用另一只脚去碰碰那只脑门上印着斑点、名叫西日嘎的黄毛猎狗，猎狗也很喜欢听他的催眠歌，闭着眼睛，吐着舌头，让人看不出它的机灵和敏捷。

喜勒特很自己呢，本来是"高鲁"里出名的力气大、枪法准、腿脚灵的剽悍的猎人，在家里他却总是眯缝着眼睛，慈眉善目，不时地咧开嘴笑着，就像是我们常见的"阿弥陀佛"。

家里最忙的是喜勒特很乌嬷（大婶）。料理家务之外，她整天忙着蒸煮剥下的桦树皮，为旗民族工艺品厂制作桦皮、桦皮箱、桦皮笼。她很熟练地把桦树皮裁成各种规格的尺寸；把鹿筋、狍筋晾干后用木棍轧成纤维，然后搓成线来缝；又用木槌砸那用鹿骨、犴骨或狍腿骨做的雕刻工具，刻出好看的阳文图案，再套红、绿、紫、黑等各种颜色；最后涂上一层桐油。就这样，经过一道道精细的手工，制成了一个个精致的桦皮工艺品，一直运销到大洋彼岸。鄂伦春妇女所创造的财富和价值绝不比打猎的男人差。她们从小就跟桦树皮和野兽皮打交道，变得极细心又极耐心。她们平时用狍皮做"尼罗苏恩"（男皮袍）"阿西苏恩"（女皮袍），都很讲究做工，袍边、袖口都镶上好看的薄皮，女袍还缝上很细致的"吉哈布顿"（颈圈）和花纹。一件衣裳，往往就是一件别出心裁、富有民族特色的艺术品。

喜勒特很家门前的空地上，搭了一顶崭新、漂亮的"仙人柱"，专门用来接待远道来的客人，那用二十五张狍皮缝制成的"额勒敦"（围子），呈扇形，周围镶了有皱褶的边；兽皮门帘上用金线、银线刺绣出各种花纹，在阳光下闪闪发光。这些，也都是乌嬷的手艺。

每逢节日，喜勒特很就在"仙人柱"前面拢一堆篝火，在小树枝丫搭的三脚架上吊一口铁锅，锅里煮着犴肉。另外，木盘里盛满生鹿肉，可以拿肉叉扎串起来，放到火上烤炙。乡邻们与主人、客人一起，围火、喝酒、吃肉，喝到微醉，便唱起歌、跳起舞来，直到尽兴为止。

鄂伦春猎人凭自己的力气和勇气，猎取禽兽，征服自然，猎乡的日子充满了欢悦和快乐。

冷风吹雪天自寒

岭下冷风吹

山岭下的冬天来得格外早。柳叶刚枯，风就变得很冷，而且无孔不入，即使是透不过光、看不见缝的窗与窗的连接处，也觉得有冷风在吹进来。即使坐到远离窗户的地方，还是感觉到那冷风在追赶过来，一片一片地钻进衣领和袖筒，脖子是冷的，背脊也是冷的。

岭下冬天的风，心肠很硬。它，无情地鞭打着农村小屋的土墙、房顶！直吹得有了裂缝，它就哗哗地笑；它，狠心地刺痛着农家娃娃的小脸、小手，刺得到处生疼，娃娃呜呜地哭，它却嘻嘻地乐。冬天的冷风，蹿前蹿后、钻来钻去，混迹冰雪、幸灾乐祸，不懂得同情和爱，连最可爱的小孩子它都不喜欢。所以，大人和小孩子都到处躲着它、想法子挡住它、用尽心计扛过它。

它，似乎也感觉到了，心里也有一点不好过。它也想为人们做一点好事啊。于是，它跟随着太阳，把农人们搭在墙头、挂在树枝、吊在房檐、码在院里的玉米棒子吹得没一点潮气；把农家压瓷实了的雪、泼光了冰的冬打场吹得无一丝尘灰，让农人们在光光亮亮、平平展展的场面上打玉米。它，还主动来到所有的风电机旁，帮风电机飞速地旋转、飞快地发电，使风电惠及百姓；它，又认真地来到宽阔的河川上，催河川连着底冻住、连着岸封煞，使河川变成通道。它也爱小孩子了，尽力地吹散天上那厚厚的、灰灰的云层；又着力地卷起地面那融融的、白白的雪花，让太阳露出红红的脸蛋儿。太阳因为冷落了可爱的小孩子有一点难为情，一时间，它似乎恨不得把所有的光热都给了大家,也就让风有了些暖意。风,就跟太阳一起,帮小孩子转动手上的纸风车,又把小孩子折叠得板板正正的纸飞机送上天空,使涂染成花花绿绿的纸球儿飘浮于地上天下。当然,小孩子的心怀没有一点点杂念,他们对冬天硬硬的冷风也不会有什么偏见或成见,而且,也向大人学着全面看事物、看问题。想一想,没有那硬硬的冷风,怎么能使天地四季更替、万物生长有序?再说,小孩子又怎么能堆雪人、打雪仗?怎么能到山谷去滑雪、到湖面去滑冰?

山岭冬雪

山岭冬天的雪,一场比一场大。纷纷扬扬的雪花,用纯净柔和的白色静静地遮蔽了山顶上平滑的岩石和低矮的灌木,覆盖了山脚下广袤的天地和空旷的漠野。天气很冷,但,绒绒的、厚厚的雪,给人以温暖的感觉。

整整一个冬天,山岭上的雪不会化,堆一个雪人就会陪伴小朋友度过长长的寒假。在平坦的谷地上,如果想玩扔雪球、打雪仗、滑雪车,那是天天都可以的。

在山岭上看下雪,飘飘洒洒,迷迷蒙蒙,一种无法言说的美。年年下,年年看,却似乎总是看不够。

雪后天晴。大晴天登高山看雪最好。最好最大的雪与最好最大的阳光相遇在一起,让你一时分不清哪里是天空与光、哪里是山岭与雪。这时,无边无际的雪让人感到遍地生辉,一片银光。那是北疆山岭冬雪的一种壮观景象。只有在冬天里到过北方的人,才能体会到这样的一种圣洁,这样的一种壮丽。

几场大雪后,北国山岭就是一个美妙的童话世界。千峦万峰的雪岭之间,高大挺拔的冷杉上黏聚了亮晶晶的雪凇,像是挂了满树的珠链,低矮的灌木却像一丛丛白色珊瑚。崖上瀑布凝成了厚实的冰凌,层层铺排,就如富丽的玉石城堡。

再上到高处看,白雪覆盖的绵绵起伏的群山,一直延伸到天际,又像是大海中的滔天白浪冻住在这里。

第三章

冰湖 黄河 海子

进山出山探湖泊

西北边境的鸟湖

西北边境有个大湖。由于路远,到那里去的人很少,倒显得格外的清净和幽静。

大湖没有名字。它被巍峨的大山环抱着,好像老天爷专门为它建起了一道雄伟的屏障,阻挡了西边域外刮来的风沙,拦住了北方邻国涌来的寒流,遮隔了东南远海吹来的热带风暴。这里,冬季不算冷,夏日不太热,春天不干燥,秋时不凄凉,是一个好地方。

我们去看这个湖的那天是个好天气。天光云影倒映在湖中,水天一色,碧波荡漾。有风吹过,湖水就涌着波浪,轻轻地拍打着山麓坡滩,发出一种轻盈、轻快的节拍。打弯的湖畔长着不规则的或青翠,或苍绿的灌木丛,鲜嫩的小草从岸上一直长到水里。

坐小船可以开进垭口,绕到湖的另一处。见巨石凸兀嶙峋,矗立在流动着波光岚烟的湖面上,形成了大小不一、形状各异的小小岛。岛上,各式各类、各色各样的鸟巢密密麻麻,巢里有雏鸟叽叽吱吱啾啾,待大鸟飞回时,各种鸟叫声、飞翔声、水流声、风动声,合奏出世界上最动听、最动心的自然交响乐。这交响乐的音符,在流水形成的五线谱上弹跳着、跃动着,向山外、天外传播着生活的欢快、生命的欢乐。

一个静寂、静谧的湖。走进去,再走进去,你就会发现,这里也是一个生机蓬勃、生趣盎然的世界。

边界山岭里的绿湖

在高高的边界山岭里边,穿过弯弯绕绕的林间小路,越过深深浅浅的峰间小沟,面前竟是一个大湖。湖的周围环绕着山,山岩上镶嵌着树,树的下面铺展着高高矮矮、弯弯软软的各种无名小草。绿山、绿树、绿草,交汇成一片片潮乎乎、鲜灵灵的嫩绿色,映在湖中,一湖绿幽幽,似乎要把落进湖里的那轮红日吞没。果然,等到大家野餐、歇息之后,红日已沉在了湖底的山坳里,那艳丽的深红已变成了淡红,而且,那一抹淡红色也愈来愈淡,似只在为满世界的绿添点光亮;蓝天也被湖面上反射的光耀得透着青绿。很快,一切都完完全全地溶进湖的绿色。望开去,绿绿的湖水又绕过一个个小小的山丘,弯里弯曲地流进远山的夹缝里,也不知道它还要流到哪里去。远处的山岭,由绿变黛,由黛变青,由青变灰,似是这片湖水把山的绿色逐渐地洇淡了。

可是,刚过了一会儿,湖的绿色又一点一点地浓起来。湖的绿,山的绿,树的绿,草的绿,交融一起,湖水由碧绿而深绿,而老绿,而墨绿。在夕阳余晖的照射下,满湖的绿闪着光。这时,风似乎大了一点,湖面上碧波浩渺,碧浪击山,隐隐地展现出湖的大和深。绿色,在缓缓流动,在粼粼闪动,在熠熠亮动,在轻轻飘动。这绿湖,绿得晶莹剔透,绿得鲜明活泼,绿得深沉丰厚,绿得奇丽无比。

这是怎样的一个清亮亮、绿幽幽的湖!

塞北草原上的冰湖

塞北草原的数九寒天,大大小小的湖,湖身冻得结结实实,数十吨的大卡车可以平稳地开过去;湖面冻成平平滑滑,人在上面走,一不小心就会摔个大马趴;湖水冻为亮亮堂堂,就像是一面巨大的宝镜,在冬日清冷的阳光下,闪着让人睁不开眼睛的白光。年复一年,一些飞过的鸟雀常常被这强烈的光刺得迷了眼，迷了方向。所以，光光亮亮的冰湖上，总是分外地死寂、荒凉。

天寒湖冻，风贴着冰冷的湖面，钻进每一座毡房的每一处缝隙，钻进每一个小孩子的衣领和袖筒，那真是一种刺骨的冷。

小孩子都等着冰湖开冻。

冬去春来，阳光渐渐地热起来。几乎每一天的正午，都有小孩子到湖边去守候。而冰湖竟无动于衷，还是板着冰冷的面孔，不声不响，无一点动静，无一点变化。

有一天，天边刮过来很大的风，虽说是春风，却呼啸而来，冷气逼人，把等在湖边的人都赶进了帐篷。风，越吹越大，彻夜不停。呼呼的风声中，小孩子呼呼地睡，呼呼地做梦。短短的一夜过去。谁也没有想到，一夜大风之后，红红的太阳升起，白白的冰湖化开，就见清晨的湖面上已是碧波粼粼、水光潋潋，湖的不起眼的波浪早已把破碎的冰块推到了湖边，一些大的冰凌则被冲积在远处。一切都自自然然、顺顺当当。湖，还是原来的湖；它什么时候封冻、什么时候开化，好像是上苍早就安排好的，大人小孩都掌控不住。

不过，那些很大很大的冰湖，还是轻易不肯开冻。直到春末夏初，风里已没有丝毫的冷，天地间已积蓄起一季的热，湖面才会因热的力量而裂开、而溶化。

那是一种怎样的大力量、大场面？

那是一个春天的热力与一个冬季的冰冻在一个夜晚的"激战"！人们听到，天上响起轰轰飞翔声，湖中传来隆隆炮击声，随着夜越来越深，声音越来越猛，声响越来越大，声距越来越密。直至震天动地、惊心动魄。黎明之前，曙光初露，如此坚厚、如此沉重的湖冰，刹那间崩开、塌裂、流撞、化掉。那速度，那气势，说是排山倒海，说是石破天惊，是一点都不夸张的。

半山腰上的圆湖

遥远北疆,一座不是很高的山巅上,有一个不算大的圆圆的湖。一道天然的石堤围着它,湖面比石堤低一点点,让人担心什么时候它会溢出来。附近山村里的老人们说,这是老天爷赐予山里人的神湖,无论下多大的暴雨,还是遇到罕见的干旱,湖面始终比石堤低那么一丁点儿。而且,因为湖不大,无论刮多大的风,湖水也不会动荡得泼洒出来。据地方志记载,这圆湖,本是一个许多年以前因火山喷发而形成的火山口,它靠近一座高峻陡直的雪峰,就是这很高很高的雪山上的雪水汇集成了这个湖。晴天时,从远处平地上看过来,湖水碰着天,这湖就像在天上一般。哈,大自然的造化神奇又神秘。

从雪山上吹下来的风一年四季不停,风奇冷,湖水冰冰的,即使是夏日的中午,也会让人缩手。不过,正因为这样,小孩子和大人都不敢跳进湖里去游水或洗澡,湖水终年清凉而清亮,湖边的空气也清新而清爽。每天清晨,湖面上总有一股湿漉漉的雾气漾开来,细细看,湖水呈现着暗蓝色的光泽,亮晶晶的,蓝宝石一样。如果有耐心,等到金色的光带出现在天边,就会看到一个水淋淋、红艳艳的日头升起在蓝色的湖水上面,穿越流泻于空中的雾蒙蒙的气息,把潮兮兮的光辉洒在整座山上。

因为湿润、清朗,湖的上下左右都长满了茂盛的树林,而树的分布似乎很符合天意人心。山脚下,一株株老榆树向乡人提供翠绿的、好吃的榆钱儿。山顶上,密密层层的高大的云杉棵棵挺立,无拘无束地长到云里。山腰上,槐花黄白成串,杨絮雪白飞扬,枫叶火红闪耀,柳枝灰绿柔韧,黄白红绿交相辉映,天树山水浑然一体。嗨,大自然的装扮美妙而奇妙。

草地上的小湖泊

人们常常惊诧草原的辽阔广大,惊叹大自然的神奇美妙。但,只要你能够细心地观察、体察，就会发现，奥秘就在草原上那些零零散散的小湖泊里。

当春雨敲打着草原，催促它快点长出新草的时候，这些湖泊里的水也升高着。湖水以明亮明媚的眼神，示意蓝天白云来与它做伴；又以轻柔轻快的语声，召唤百灵云雀来为它歌唱。是它，日日夜夜的更替中滋润了草原，滋育了人们，为牧人的生活添了光彩而快乐着；是它，春春秋秋的来去时调谐了风雨，调节了气候，为牧业的发展出了大力而炫耀着。大人和小孩子都喜欢它。

草地上的小湖泊，东一个，西一个，无论深浅，水都很清，清澈而清凉。暖和天的阵阵微风在湖泊上吹起网状的波纹，皱皱巴巴的，细细小小的，却也是粼粼净净、熠熠闪闪。随着风劲，一会儿来了，一会儿没有了，像是故意逗小孩子玩儿；而小孩子也情愿让湖水逗弄着。因为，这样的湖泊，太小太小，即使风很大，也掀不起滔天大浪，不过是让浪头们排了队一行行地行进，壮壮声势罢了。小孩子吓不着也碰不着。

这些小湖泊，无论多么小，水却是一样的清，不浑浊，也不干涸；水温凉凉，水流亮亮。因为它的源头是地下水，是活水。小孩子在它的面前弯下身子，掬一捧水，把红红的小脸蛋洗得干干净净、漂漂亮亮；再仔细地看看自己在水里的倒影，精精神神，摇摇荡荡，心里着实地高兴。站远点往里看，蓝天白云、红花绿柳，全都倒映其中。那可是远远近近难得一见的"流动摄影"，也算是草地景点之一吧。

湖上的清晨和傍晚

1

夜宿草地大湖边的小屋,为的是在无际的原野、无边的湖水上,看到白昼的降临,看到自然的苏醒。

天还没有亮,深灰色天空里这儿那儿地闪烁着星星。湖面上吹来的湿润的风,像微波似的荡着,有一股湿漉漉的雾气漾开来。远处湖面呈现出暗蓝的光泽,这种暗蓝色一直铺展开去。

突然,空气发亮了,湖岸明显了,天空清朗了;云儿泛白,满湖澄绿。还没有来得及细看,眨眼间,金色的光带已经出现在天边,湖面上水汽氤氲,有小鸟在天上唱。风儿吹拂着,不知什么时候,鲜红的太阳升起在幽绿的湖水上面,水淋淋的,红艳艳的,穿越流泻于空中的雾蒙蒙的气息,把潮兮兮的光辉洒在人、树、草的身上。雾气终于消失在阳光灿烂的天空里,一个新的晴朗的日子已经在眼前。

2

虽然是晴空万里,湖边的空气却是潮湿的,温乎乎、白茫茫、黏滋滋的潮气,一直笼罩在湖面上、围裹在人身上,挥不去,抹不掉。索性划着小船瞧风景,却也像是隔着一层半透明的帘子,望不远,看不准。美其名曰:朦胧派,意识流。直等到快落山的夕阳一抹红光射穿了云层、串起了雾气凝成的露珠，大家才看见岸那边孤零零的几棵白桦树，像神话中的树木那样，浑身光闪闪的，在东边的地上留下了长长的、黑黑的影子。又见小片的白杨林在西斜的阳光里摇曳，仿佛在跟我们打招呼。

小船靠岸时，天暗了一点，恰好看清了湖的四周环绕着一些低缓的山峦，山峦下面有水漫过的痕迹。看来这个湖以前是很大很大的。湖边的风势很猛，居然在热天里感到了冷，冷飕飕、冷森森的。大家都穿上了带来的外衣。好多人都走南闯北地走过许多地方，却不知道这里才是避暑胜地。

到了傍晚，风微弱了许多，风声和涛声喁喁。大概是冷的缘故，没有听到小虫小草们的呼应，周围静悄悄。湖，是在让远道而来的客人在宁静中歇息。

幻变居延海

阿拉善西部边地的那条小河，因其正处于古代漠北居延泽一带，就有了一个好听而大气的名字：居延海。居延海两侧的河滩上，芦苇密密丛丛，风过时，芦苇东摇西摆、晃动不停，来回起伏、声息不断，正好像海浪汹涌，涛声震响。这，也就不枉有了这样一个名字。

小河太靠西了。那里，天亮得迟，天黑得也晚。

那天，天终于慢慢地黑下来。当夜幕完全落下的时候，一抬头，看见天上一边挂着月亮，一边却还挂着太阳。银白的月光明亮亮的，似乎看得清月亮上的树和兔。那个太阳黯兮兮的，发不出什么光来。就是弄不清它为什么不肯落下去。

这时，在僻远的居延海上空，月亮的光似乎越来越亮；在空阔的河岸上，这光似乎一直涌到了人的眼前，地上像是铺了一层霜。居延海的水被月光照白，河面白亮白亮的。由于月光在流动、流淌，小河的水似乎也在向下汹涌、腾起。这是一团一团的白光在涌动，流速越来越快，势头越来越大，几乎是在倾泻着、倾倒着。这白色的月光顺着河道移动得很快，看得见小河的内层也已经被照亮，月光从小河波纹的褶皱处一层一层地反射、反照出来。岸边空阔明亮处，有一种敞着显着的晶亮和晶莹；河滩苇丛暗黑处，却呈现出一种藏着掖着的深厚和深沉。

月光的移动似乎很迅速却又很缓慢。月光移动时，小河从前到后、从上到下、由河面到河底的光亮是摇曳不止、闪熠不定的。大概是反光角度时有不同的缘故，恰是显得格外地奇幻和奇丽。何况，那个月亮挂在天上的时间又特别长，而且还有太阳在一旁帮助。不过，在月光移动过去之后，河面就只有一层淡淡的光亮，刚刚显现的一切，竟在顷刻之间完全消失。

只要天气好，月亮肯出来，那条小河水就总是这样地亮闪着、幻照着、光明着、幻变着。

过了黑夜，到了清早。在河滩上的湿地里，常常会捡到一些色泽美丽、花纹奇异的石头。有的像是一幅山水画，有的似乎是一帧花卉素描，也有的竟活灵活现是一个人像雕塑。其实，这都是"海"水涌涌动动、涨涨落落的结果。

在"海"边沙滩上，还能寻觅到金闪银烁的石头，因着这些石头还能够找到矿藏呢。

居延海，一条边地小河。

奇诡黄河

小时候，地理老师讲过："黄河黄，黄河长……"一直记得很牢。两三岁时，抗日烽火燃遍祖国大地，听三个哥哥唱着"黄河在咆哮……"，直唱得人人握紧了拳头。幼小的心中印象很深。由于我出生、长大在长江以南，十几岁以前从来没见过黄河。之后投身革命，竟从长江流域一直来到了黄河流域。但，这里风沙大，下雨少，当时所见，却只是黄河改道、断流后留下的满是黄沙、卵石的河床，和一些流在滩上的很浅很窄的、溪一般的河水。巴彦淖尔市的河套水田也大都成了盐碱地。我想象中咆哮的、激昂的黄河，一直没看到。

常说"三十年河东，三十年河西"，果真如此。这几年，气候大变。这里虽属大陆性气候，却也常常电闪雷鸣，瓢泼大雨说下就下。又由于人在时代进步中生态意识的觉醒，黄河沿岸的一些地方，大都种了树木和花草，有了许多新的林带和草地；也就有了许多不知名的鸟雀飞来飞去的新的自然保护区和为绿化而设的苗圃；有了不知来自哪里的养蜂人和不知何时种下的适合沙地生长的瓜果菜蔬。原先干涸的河床里不仅积满了水，有了水量，还因为水多了、大了，风刮过来时，吹出了波，掀起了浪，旋成了涡，跌回了涛，也就有了水势。于是，心里又涌上来看黄河的念头。

由于这里的春天来得迟，暮春时节，黄河里的冰凌才会融尽。也只能在这时，黄河才会有看点、有看头。

就在这样的时候，我来到沿黄河而建的沙漠城市——乌海市。

说来也很平常，只是沿着黄河走。说得确切一点，是顺着黄沙滩走。因为，严格地说，这里并没有真正的黄河岸；河岸是河水自己垒起来的。松软而又坚实的沙滩上,自然地堆砌着一层层不算小也不算大的圆鼓鼓的碎石块,那该是黄河水经年累月流动和冲刷的痕迹。看上去,那些碎石块垒得自然流畅,斜坡式的,永远不会坍塌的那种。有意思的是,河的这一边和那一边,天然形成的河岸是对称的。河水缓缓地、均匀地向前流淌,看起来并没有多少力度,每一次流动却都夹带着泥沙,又都开宽了河道。真不懂得,这是一种日子的惰性、历史的惯性?还是一种生活的知性、力量的理性?它,似乎让每一个来看它的人都有思考的时间,有思索的余地。环河路修得宽阔、平坦、整洁,沿着黄河蜿蜒着打弯,又伸展着往前,极目望去,似乎看到了尽头处,又似乎看到的并不是尽头。就这样,走在黄河边上看黄河,走不完,看不尽;走下去,再走下去;看过去,再看过去。天气晴好时,走在沿河的这一边,阳光下微风裹挟着水气扑面而来,让人感觉到一丝丝的凉爽、清爽;看开去,也好像有一缕缕的雾蒙蒙、湿兮兮,心里也就有了一点点的舒坦和希冀。

环河路靠里面的这一边,是构成各种图案的各式花圃。每隔二三百米,就有一个供人休憩的广场。把黄河水引过来变作喷泉,把窜天杨移过来当作围墙,把河底石搬过来砌成假山,把歪倒树横过来钉成靠椅;还把居住在黄河支流牧野上的蒙古族人的家用器具、生活习俗聚拢过来在这条路的中端汇成一个博物馆。从这一边一直走,最为引人入胜的,更是那些大大小小、密密麻麻而又光光鲜鲜的葡萄园。只因为傍着黄河,水源足,空气好,温差大,土壤肥。据说,任何一种葡萄都能在这里生长;而且,还可以因地制宜,做种种嫁接。葡萄品种之多,让人一一品尝之后,到头来一个名字也记不住。

河对岸,昔日的黄土高坡,在高大推土机厉声怒吼的威胁和强行挖掘的逼迫下,显得畏缩、怯懦,一下一下地躲到后面,一步一步地让出地面,无可奈何地任人摆布。只有在那拐弯的远处,推土机力不能及,几株孤单单的胡杨树就在那里挺立着,周围是一丛丛低矮的灌木林,和一簇簇沙蓬、沙蒿之类贴地生长的植物。虽然零零落落、散散漫漫,远望过去,倒也显得莽莽苍苍,蓊蓊郁郁。又让人自然地想到人与自然的话题,想到守望与坚持的精神。

乌海段的黄河,依偎着乌兰布和沙漠,沙漠馈赠的黄沙,使它变得浑黄、浑浊、浑慵。不过,瞬间的狂风大雨的袭击,却使它立即跳将起来,打起高高的浪头,兴起阵阵的波涛,毫不犹豫地反抗。缓和、柔顺与果断、刚强兼具,才是它的性格。

在乌海的日子太短,看黄河没有看够。

天热以后,又来到黄河岸边的托克托。这是一座古老而又新式的小城,地处大青山南麓的土默川平原,一马平川,黄河自西而来,从乌海流经巴彦淖尔、包头,在托克托接纳了大黑河后向南流去。两河交汇之处正好是黄河上游与中下游的分界线。站在标志分界线的石碑旁仔细地观察,可以看出,西面的水明显是黄沙的颜色,水是浑的;东面的水则显得清亮些、透彻些。如果真想追根究底,就不妨沿岸向西走一段,蹲下来把手伸进水里,这时会明显地感觉到,这儿的水比东面大黑河的水要温热些。因为,一到夏天,乌海、巴彦淖尔、包头的气温比托克托高好几度。令人惊诧的是,流动的水面是看不出分界线的,而这条分界线实际上却具体地存在着,真可以说是妙不可言。而妙还妙在,这一段黄河又正是呼和浩特市与鄂尔多斯市的分界线,河的东岸是托克托县,西岸是准格尔旗。

更令人惊奇的是,仅仅是隔了一条黄河,河东河西却真正是两个世界:托克托农田万顷,树木成林,青绿黄紫褐,五彩缤纷,在阳光下交相辉映,令人感受到农人世代的勤俭和丰收在望的喜悦,令人从心底生出黄河是母亲河的感喟。而准格尔这边,完全是另一番景象。那是库布其沙漠的终极边缘,沙丘起伏,大风刮过后的滚滚沙浪,无尽无止,直到碰上了天的另一头的地平线。一地风沙,满目枯黄,偶尔有星星点点的绿色植物在风沙中摇晃、挺立,但那只是弱者的不屈和生者的不甘,松散的抗争不足以抵制黄沙的狂暴。又令人感觉到母亲河的抚爱和润泽反倒放纵了它。多少年来,黄河一流到这里,情绪总是十分的沉重,行动也就格外的迟缓。千年的黄土坡构成的河岸，就在河水的缓流、缓冲之中，淤积着上游的泥沙，养育了固堤的水草，压轧出瓷实的岸壁。如今，觉悟了的人们已经从这片沙漠的起端开始大规模地种树造林，沙漠的节节后退，使黄河昂奋而昂扬，它在这里显得更为宽阔、宽畅，从河岸到河心，自由自在、不紧不慢地涌动着，慰安着浮上沉下的鱼儿们，也招呼着指点说笑的游人们。谁都说黄河黄，可谁能说清楚黄河怎么会黄得跟沙漠一个样？它是水啊，又不是沙！

为了寻找这一段黄河把两岸隔成两个天地的奥秘，我们又登上游轮，沿着两边河岸细细地慢慢地看，看到了黄河流过托克托的整个西南边，长达四十余公里，流势猛，流域长，流量大，加上地势平，地域广，地质好，每天日出早，日照直，日光强。而毛乌素、库布其两大沙漠都在准格尔以西，内蒙古虽四季都刮西风，风沙恰好被黄河阻挡在对岸。这样，百年千年之中，托克托就始终日照充足、天气温和、水源充沛、物产丰饶。在距河岸不远的地方，我们还看到了一处终年冒出清澈甘甜泉水的地泉，无论晴天雨天，都一样地充溢、一样地流淌。而准格尔呢，那没日没夜从西面刮过来的漫漫风沙，都被堆积在黄河的西岸上。于是，沙化日甚，气候干燥，高高的沙丘有的已近十余米，似乎在与对岸托克托的现代化建筑比高低。不过，越来越重的沙体倒是压住了松散、松软的黄土塬，使沉积的矿藏丰厚而丰富。其中，黄铁矿、油页岩，是极重要的矿藏呢。

从船上走下来时，已经过了半个下午，风大起来了，黄河似乎黄得更深了一点，浪头也跳得更高了一些。但，还是没有看到黄河的"咆哮"。当地人说，风暴来时，就看到了。

第四章

大漠 胡杨 戈壁

平沙万里

沙漠，童话里的巫婆

沙漠，是童话里丑陋可憎的巫婆。

春天，它怂恿风魔在这里逞威，把风沙撒向天空，把碎石掷向大地；遮住了日月，遮没了江湖。这里，从来没有明媚的春光。

夏天，它指使风魔把雨神阻拦，把美丽的云朵吹散，把正义的雷公驱赶，用干旱威胁土地，用荒芜摧毁生命。这里，从来没有蓬勃的生机。

秋天，是收获的季节；冬天，是休息的日子。骆驼队驮着货物来了，远方客带着礼物来了。沙漠与风魔却在这里比腕力，耍把戏。堆几座沙山，造几个沙丘，翻几层沙浪，旋几处沙湾，为骆驼队设障，让远方客迷路。这里，从来没有真挚的情和欢乐的笑。

沙漠，终年板着一张枯黄的脸，支着一副枯干的身架。可是，在陌生人面前，它却善于伪装。

白昼，它借着阳光，射出耀眼的金光，闪闪烁烁，熠熠夺目；依靠蓝天白云，显现出非凡的壮观，令人神往。

夜晚，它借着月光，露出身影的曲线，逶逶迤迤，绵绵延伸；依仗着银河星辰，呈现出变幻奇景，诱人心醉。

少年朋友，莫把沙漠里的光照幻影错当作良辰美景。那是丑陋的巫婆利用折光，耍弄巫术搞成的表面现象。

要透过现象看本质！

人的智慧和力量是破除沙漠巫术的法宝。人，凭着智慧和力量，制服沙漠，创造出一个比童话更美的世界。

奇异的沙漠风光

沙漠，并不就是一大片厚厚沙层铺起来的茫茫漠野，由于长年刮风，沙层总是呈波浪形；沙浪随风向推进着、移动着，日积月累，又形成了高耸的沙山和绵延的沙丘；更因为旷野上风势的格外猛烈和非常旋动，沙山与沙山、沙丘与沙丘之间就有了一处处或宽或窄、或深或浅的沙谷，也就有了一面面或向阳、或背阴的沙坡。这沙山、沙丘、沙坡、沙谷，在寥廓的蓝天底下构成了一个线条清晰、色彩单纯的黄色世界。只要天气好，无大风，在灿烂阳光的照耀下极目远望，金光四射，熠熠闪闪，奇丽无比。这时，你绝不会想到沙漠对人类生存的威胁，也绝想象不出它会在风暴中埋没良田和村庄、吞噬生命和绿洲。表面现象常常迷惑人。

不过，这只是沙漠美景中的一幅画面。要观赏沙漠风光，还得沿大沙漠前行。正是夏秋之交，我与几位朋友沿腾格里沙漠边缘前往阿拉善右旗。一清早就动身，汽车行驶在一直向前延伸的古道上，看不见房舍，看不见行人。车虽然开得很快，给人的感觉却总是在原来的地方。不知什么时候，天上有了阳光。那位当地的司机忽地指着前面，急促地说："快看！成吉思汗！"大家即刻睁大眼看，但见在阳光的辉映下，一位仰卧的巨人时隐时现地跃入眼帘。他，头朝东，脚向西，神态安详。实际上他是雅不赖山起伏绵延的身影。其口鼻、眉骨、唇角、披发等都清晰可辨，身躯、头部、四肢也很匀称，尤其是那双靴子，极天工之巧。

巨人宛在眼前，实则相去甚远。那天晴空万里，沙尘不扬，巨人随光而现，可说是"有缘千里来相会"。汽车继续疾驶，又见前方无垠大漠上，突然出现一片水泽，并随着汽车的速度不断变幻着位置，大约一刻钟后，湛蓝色水泽中突然有了一座座白色楼宇，隐隐约约，却是错落有致。又过了好一会儿，在白色楼宇的顶部清晰可辨地出现了一根根电视天线似的物体。之后，楼宇慢慢隐去，只留下一抹灰蒙的水带把远处的沙丘环环托起，宛如大海上的座座岛屿。傍晚时，即将到达目的地，远远地又望见一个蔚蓝色的湖泊，湖畔有一片金黄色的麦田，汽车似乎从临海的城市驶入湖滨的乡村。幽幽然，飘飘然，待到天黑尽，夜幕才掩盖了这一切。

难道沙漠中真的有海？有城？有湖？有田？当然不是，那是阳光在茫茫沙漠中折射或反射形成的沙海蜃景。

沙漠，也有美的一面。但，常常是虚幻的，因而只是短暂的。

沙漠里的清清"海子"

大自然的一切都是天造地设。浩瀚沙漠中竟然会遇到一汪清泉，比河流小，比池塘大。流沙淹不没它，风暴吹不干它。它，是旁边这个村子几十户人家的生命水。

这里的人从来没有见过海，就把它叫作"海子"。

世界在这里已被简化为无垠的黄沙、无比的空旷。这里，东西绵延几百公里的沙漠，漫漫无边；沙丘逶迤不断，起起伏伏；一座座沙峰虽是流沙积聚，却也是高高耸耸、层层叠叠，突兀崛起，陡峭险峻。你无论是东西南北站着，满眼全都是枯黄色，只有海子周边伸展着的一蓬蓬葱嫩的骆驼刺，只有在这片沙漠里忽而遇到的一汪汪海子，才使广袤的瀚海显示生机。

也许你无法想象屯子里的人家在满目枯黄、到处空寂之中的生活，其实，人们离沙漠太近，对沙子早已是见怪不怪。早上看是黛青色，冷冷的，静静的，铺开着，延伸着；由芨芨草、刺蓬织成的点点绿意，在风中摇曳着、跳动着，令人有无限的思考、无尽的想象。中午时，砂砾在骄阳的炙烤下，腾起紫红色的烟尘，映照着海子里浮动的光波，也说得上是砂砾鎏金，光彩四射；又令人迷惑于此时此地的壮丽、壮观而忽略了沙漠对人的生存、生活的威胁。到黄昏时，则是落日沐浴下的橘黄色向远天无垠地伸展开去，与紫红色的晚霞相映相衬,色彩流变构成了昼夜交替的奇妙、奇丽的景观,倒使这沙漠海子边的屯子变成一个璀璨夺目的亮点。

　　无论怎么说,沙漠中的海子,虽然面积小了一点,它的景观,却是无与伦比;它的价值,更是难以用语言来表达。

沙漠一日

大沙漠上，细小的沙粒一直铺到天边。一清早，正好看见蓝色的天穹笼罩着黄色的沙原。最远处，蓝色和黄色连接着，却又界限分明，就有了一道清晰的地平线——这是大自然造就的大圆圈。这个圆圈很大很大，让你真切地感受到天空的辽阔和漠野的空旷，却也让你意外地望到了天空的边沿和大地的尽头。要知道，生活在都市和城镇里的人，那是一辈子也遇不上这样的机会的。

在沙漠上行走，最不好的事情就是遇上大风。风刮过来时，沙粒飞扬到天空，遮蔽了太阳，遮没了云彩，整个世界霎时间变得昏天黑地、混沌一片，让你睁不开眼，张不开嘴，喘不上气。大风一味地咆哮着，无情地、凶猛地用沙子扑打着你的脸，又扑进了你的衣领和袖子，让你痛，却又喊不得、还不了手。即使你是骑着骆驼来的，起风时骆驼就会蜷腿卧下，让你顺势趴在它身边避风，但还是挡不了无孔不入的风沙。风停时，你仍然是一个浑身粘沙的土人儿。

可是，沙漠上的风说停就停，而且立刻风丝全无，烈日当头。这时，你会看到，沙漠的四周突然有了好几座高耸的沙山和好几处起伏的沙丘，那是沙粒在大风中扬起又落下堆积而成。因为沙漠四周都种了树，风沙就被挡在了这里。沙山都呈金字塔形，顶上的沙粒总是往下溜，所以，沙坡的斜度大而直，沙坡之间的沙谷窄而深。沙丘绵延不断，沙粒在风中流动而形成的一层层波纹清晰的沙浪，一直漫开去，漫得很远很远。这就又有了滚滚沙浪、茫茫沙海！阳光下，每一颗沙粒都在闪光，你就会看到沙海上波光粼粼、沙波荡漾，还看得见沙山和沙丘的倒影，十分壮观。

只是，阳光会一下子变得很热很热，从天上射下来的一道道光线就像是一根根烧红了的铁丝，逼近了就会让你觉得炙热难忍。这时，你就应当走进沙谷，或是站到沙山、沙丘的阴影上。到了后半晌，沙粒正好温中微热，住在近处的老乡常常会赶到这里来，用沙子埋住腿脚。这是远近闻名的"沙疗"。沙粒的适宜、持久的温热可起到理疗的作用，可以治愈因受凉、受潮引起的骨节疼痛等病症。趁着天好，小孩子们也会跟着大人到这里来滑沙、蹦沙。这是一种极有趣的运动和游戏。人走上大沙山的顶端，然后坐着滑下来，沙粒的急速流动会发出巨大的响声，似大雨倾盆、山洪暴发；又如狂风咆哮、冰雹疾降。天气愈好，沙粒愈干，滑沙的人愈多，声音愈响。夸大点说，真有"惊天动地"的势头。由惊而动，乐趣由此生发开来。

下午之后，气温骤降，就像从海南飞到了黑龙江，把天南地北浓缩于刹那之间，令人在惊讶惊诧之中开了眼界、长了知识。

奇特的响沙湾

在鄂尔多斯高原北部地区的库布其沙漠里，有一处高约四十米、宽约六十米的沙山包。当人们爬上沙山顶，再顺沙坡下滑时，就会从沙中传出"嗡嗡……"的轰鸣声，好像许多喇嘛在吹长腿号。传说这里原先没有这么一个大沙包，不知是谁触犯了老天爷，风神大怒之下，把地上的沙石刮到空中，一夜之间把这里的一座大庙埋没了，成了一座沙山。埋在沙里的喇嘛很是憋闷，他们成天在呼喊、抗争，但是找不到出来的路，因此总能听到他们的吼声。当然，传说并不是事实，沙山之所以能发出响声，是因为人从沙堆上出溜下来时，一边用脚蹬沙，一边用手锤击沙面，流沙之间急剧摩擦而发出的。但如果是下雨天，沙粒受潮，那么，任凭你怎样蹬、怎么捶，也不会听到任何声音。当地的老人们说，能够清楚地听到"喇嘛喊声"的人，那是正直善良的人。因为喇嘛决不向恶人诉说或求援。这样，一传十，十传百，这个地方就有了名气，人们都想到这里来看这座带点神秘色彩的沙山包，来听这些有着不屈精神的喇嘛的话声。小孩子更喜欢到这里来滑沙、蹦沙，男孩子还可以过一把垒沙城堡、打沙地仗的瘾；女孩子就把这里亮晶晶、明晃晃的沙粒装上半书包，带回去分给同学们装进那些用花布缝成的、边长五六厘米的方形小口袋里，装满七个或九个，就可以玩"抛、抓、提、捉"的游戏了。在这里，下雨的日子很少，偶尔下了雨，谁也不会去的。

这处沙山的名气愈来愈大。沙山坐北向南，一条宽阔、平坦的河谷在它面前经过时拐了一个弯。于是，人们就称它为"响沙湾"。天不旱时，河谷里小小的溪流像一条圣洁的哈达飘舞着迎接每一个到这里的人。小孩子们还常常从沙山脚下走过来，亲昵地拍它、摸它。

到响沙湾来的人，虽然个个都是走上来、滑下去，但是从每人身上传来的声音却常常完全不一样：有时嗡嗡如机群起飞，有时隆隆似沉雷紫空，有时咚咚像万马奔腾，有时哄哄若疾风过林……响声的不同，常跟同时滑行人数的多寡、排列的队形以及速度的缓急、节奏的强弱有着紧密的联系。而且，早、中、晚日照方向、角度不一，春、夏、秋气候温差、温度有别，也都会影响到沙粒流动的状态而使响声各有其异。其间的微妙和神奇，虽穷其词也很难细言。但是，几乎所有人都发觉，每当小孩子们从沙山上快速地滑下来时，那沙山里发出的却是热热闹闹的笑声：有时呵呵地开怀大笑，有时哈哈地纵情欢笑，有时嘻嘻地顽皮取笑，有时嗤嗤地暗中偷笑。这又跟男孩子、女孩子平日里的性情脾气和那一天的心境情绪有关系。其间的妙趣和神韵，非身临其境也难体会。

当太阳突然走进沙山西侧的深谷里时，白天滚烫的沙坡沙地突然凉了下来，到了晚上，竟然冰冰冷冷，真好像谁施了魔法，眨眼间从炎夏进入严冬，穿着薄薄的衣裤绝不敢在地上坐。这时，你要么赶紧坐进车里回家，要么与朋友们一起点燃篝火，驱赶寒冷，真正感受一下"早穿皮袄午穿纱"的日子。

沙漠里的蓬蓬生机

1

内蒙古的阿拉善盟，东有乌兰布和沙漠，南有腾格里沙漠，西、北是巴丹吉林沙漠。茫茫大漠，浩浩沙野，重重沙丘，叠叠沙浪，这里是黄沙的世界。

但，只要你走进去，你就会看到，在沙丘与沙丘之间，总有一片片苍绿的草滩。沙漠里少有的雨雪长年积在这片滩地上，那上面就长出了一团团、一丛丛的草，密密的，郁郁的，恰是牛、马、羊、骆驼爱吃的牧草。有意思的是，那一块块夹在沙丘中间的草滩地，盛夏的烈日在这里成了阴影，严冬的寒风在这里两头被挡住，春秋的扬沙又在这里飞飘而过。就这样，各种奶、皮、肉就都有了，牲畜的粪还是天然的燃料。

沙漠人家的日子也就过得美美地。

2

在沙连着天、天连着沙的大沙漠里，最常见到的树木就是一丛丛柽柳树。它们为了耐干渴、抗风沙，毫不顾及外表是否美丽好看，毅然把全身的叶子脱光；又为了保存养分、积聚力量，就不想着往高处长，也不留恋枝干的粗壮，只是尽全身的劲气，把根须向地层深处伸扎；而且，为了持久地保持树丛的茂盛、繁密，树与树之间，总是枝枝相缠、桠桠紧绕，像是牵着手、挽着臂，既挡住狂风飞沙的吹摧，又使自己在漫天黄沙中立住脚跟、坚定不移。

可贵的是，无论狂风怎样暴虐、黄沙怎样逞威，矮小、光秃的它，从来都奋起抗争，决不屈服。它们，用坚韧的枝桠打击风沙的头脸，用坚牢的根须捆住沙暴的腰身。于是，风和沙都动不了啦。在坚强的柽柳面前，沙，只能趴着呻吟；风，只得跪着哭叫。而它自己呢，在春风中穿起紫红色的外套，还佩戴着淡红色的花苞，精神抖擞地对人们点头微笑。在一片沉寂的枯黄中，热情地点染着生活的多彩色调；在一片无望的渺茫中，真忱地显示着生命的无比高傲。

让沙漠人家小孩子们高兴的是，小小的花儿盛开时也在沙原上漾起了淡淡清香，引来蜜蜂和蝴蝶，招来画眉和喜鹊，热热闹闹，蓬蓬勃勃。即使漠野上的人们能够神清气爽地互相串门，他们也可以从早到晚地玩"过家家""抬轿轿"了。

更为可贵的，柽柳开完花、结了果，又在风中吹干壳、裂开来，让它的种子钻进流沙，一代一代在沙漠中扎根、生长，在沙暴中抗争、奋斗。

柽柳，就甘愿在最艰苦的环境中砥砺意志、显示力量。

3

沙漠上，一年四季都在刮风。那里的风是硬的，大一阵小一阵。风大起来，刮散了天上的云，刮跑了云中的雨，刮没了地里的水，刮枯了遍野的草。这是坏心眼的风，助纣为虐，肆无忌惮。但，无意中，风也把大小沙粒抚弄得平平展展。只要遇上那细细的雨，就像整块地浇上了水，满地湿漉漉，这里那里都变成了润润的赭黄、嫩嫩的柔黄。放晴后，日头一晒，暖风一吹，在亮暗交互、深浅交织、温热交替中，不知什么时候飞进来的种子就会钻出头、长出茎，或者一直向上长成褐色树干、银白叶子的沙枣树，或者枝枝蔓蔓转成爬地的沙葡萄，或者随意地串来串去生成青草一般的沙葱、沙韭菜，也或者沿着沙原边缘变为马莲、马蓝。它们，又都会自由地牵去扯来，由孤单的一棵两棵延展出一簇一伙。这时，沙枣树开出喇叭筒似的米黄色小花，马莲、马蓝开出菊花似的蓝紫色小花，别样别致，姿态悠悠，香气幽幽。至于那沙葡萄、沙葱、沙韭菜，花的样子、气味，跟不带"沙"字的好像一模一样。闻着它们的味道，立即使你的肚子咕咕叫。等到了沙枣树结出红彤彤、水灵灵的果实时，那才叫人垂涎欲滴呢。

更可喜的是，时来时去的风，时下时停的雨，使沙粒成为一层一层的，而且，上面干，中间潮，底下湿。这样的沙层里，竟生长着世界上少有的药材（如甘草、苁蓉）和食品（如发菜、沙薯），因为数量少，极珍贵的呢。

4

沙漠上的风，随季节的变换，紧一下慢一下，吹得紧时，脸上生疼，吹得慢时，沙就徐徐落进你的衣领里；风也急一下缓一下，吹得急时，眼睛一下也不敢睁开，吹得缓时，沙都往鼻子里钻；风也动一会儿停一会儿，动得欢时，人不知该转向哪一边，停得多时，又不知是否应即刻赶路。所以，到沙漠中旅行，没有当地人带领是万万不可的；而且，最好是骑上骆驼，当风暴袭来时，在空旷的沙地上，只有钻到骆驼的肚子底下才是最安全的。因为，即使是性能最好的越野车，也很难长时间地抵挡住高强度的沙尘暴。

不过，如此强大的风力，如果利用来发电，那就可以创造出巨大的财富。如今，已经有了这样的风力发电厂。而且，沙漠附近的人家，家家都安装了风力发电的装置，自给自足，倒也自在安逸。有的村庄里装上了风车，用来磨面粉、榨葵花籽油等，虽在偏远小村，日常生活也着实是快捷方便。

常说事物都有相反相成的两个方面，果真如此。

奇妙的沙漠蜜果

沙漠风光固然很美，但是，在实际生活中，人们总是把沙漠与荒凉、死寂连在一起。一提起沙漠，就会想到烈日暴晒、枯沙无垠、狂风肆虐、黄沙漫天的情景。可是，大自然的神奇和美妙常常出乎意料——在那沙漠深处，竟生长着许多生命力非常顽强的植物，那里鲜花盛开，野果满枝，景色奇妙而独特。

在走近沙漠时远远就会看见一株株、一簇簇正开着花的灌木植物，很像樱桃。走过去一看，才看出是柽柳。每根枝条上都有一串粉红色的花，花周围的叶片小小的，形状像鳞片，据说这样可以避免水分的过多蒸发，以适应干旱的沙漠气候。可见植物们也很聪明，善于根据周围环境的状况来想办法。再仔细看，柽柳们都是挨在一起生长，枝条交叉缠结，犹如人们在一起牵着手、挽着臂，亲近而又融洽，无论无风有风，总是相互帮扶，彼此关照。再加上它们都是决心帮助人类征服沙魔风怪的，就把根扎得很深、很牢，往往能深至十米左右的地下水层，又把根向四周伸展三至五米。这样，就是刮十级以上的大风或龙卷风，也无法把它卷起拔走；即使是灼热夏季中，沙漠地表的气温上升到七八十摄氏度，或严寒冬日中天天零下四五十度，也都是奈何它不得。更何况，它的枝条被沙埋住后，就会产生不定根，像变魔术似的，在风蚀沙埋之中，愈长愈旺，愈生愈多。所以，在沙漠中看到柽柳，总是一大片一大片的。它，每年三次开花，不仅是沙漠中最美丽的一道景象，显示着无处不在的蓬勃生机，而且柽柳花的花期长，花穗多，住在沙漠边缘村庄中的人家就有不少养蜂的。柽柳蜜有一种特殊的香味，因为产量少，十分珍贵。我实在想不出用什么词来形容这种香味，只觉得愈吃愈香,不腻不厌。

如果往沙漠深处走,翻过沙丘就会看到沙枣树。一片,又一片。春天时开黄色小花,花虽小香气却能广传开来,人在旷野之中,远远就会闻到,所以当地人叫它"七里香"。我来时,花已开过,树上挂了不少红彤彤、肉乎乎的沙枣果,挺耀眼的,一派硕果累累的景象。这些树大都没有主人,又很少有人到这里来,所以果实都能在树上留到熟透。我们随手摘几个像小红枣大的沙枣吃,果然香甜可口。据说它的营养也非常丰富,还能治疗消化不良和腹泻。老乡们说,这里人虽然穷,娃娃们吃沙枣不愁,都长得结实着呢。前些时曾有日本商人到这里来过,想要进口沙枣。当地人哪里舍得,因为,沙枣以外,沙枣叶、沙枣花、沙枣仁,都是上好的药材呢。

再往里面的沙丘上走,还可以看到这些沙丘上长满了白刺果。虽然叫白刺果,却是红色的小果子,像小孩子玩的红玻璃丸。站在沙地上望过去,那爬着的绿色白刺丛,像是缀在黄缎子上的一块块绿宝石;白刺果就是镶在绿宝石上的红珍珠,在蓝天白云下,真使人赏心悦目。更让人想不到的是,在年年干旱的沙丘上长出的白刺果,竟是一种浆果,一咬一口汁水,酸甜酸甜的,对于在沙漠中旅行的人来说,无疑是一掬甘露,解渴生津,沁人心脾。

大自然对人类其实是很友好的。

沙地胡杨

1

去阿拉善，最先想到的便是看胡杨。汽车向额济纳的胡杨林飞奔。我看着朋友们赠我的胡杨林照片，想象着，心随着车轮的节奏飞驰，真正地心驰神往。

路很远。快到时，西边的太阳正斜斜地照着平展展的巴丹吉林沙漠，但天还是亮亮的，尖尖的沙丘造成的阴影很艺术。路旁终于出现棵棵胡杨，它们隐藏在丛生的红柳后面，只露出半截树梢。没有见过胡杨的人真还不认识它哩。下了车走近看，才看清这几棵胡杨都是树干粗过树冠，由于长年立在沙漠里，没有众多的草木做伴，没有过往的鸟雀说话，完全处于孤独、落寞的境况。它们用粗壮的主干举着纤细的枝条和碎密的叶片，像是伸出了一只只大手，想向住在高空的老天爷要一点点雨丝或云彩。可老天爷偏心又偏执，使云雾雨露只成了盐碱烙在胡杨树上的灰白色的苍茫。

胡杨树年年月月地干枯着，冷风折断了它的树枝，吹落了它的树叶；它却年年月月地尽全力深扎树根，吸足了水分，稳稳地站立着、坚持着，在第二年的和风中，仍然向旷寂的天空伸展着枝桠、生长着片片叶子。年年月月，它们就这样散居在戈壁上、沙地上，在铺天盖地的石块和沙粒中，面对死亡，从不绝望。每一根伸出的枝桠，每一张生就的叶片，都是希望的象征。

2

过了额济纳河,闻到了水的气息,才见到了大片大片的胡杨林,顿时眼前一亮。

在太阳落入地平线以后的靛蓝色天庭下,一丛丛擎着满树亮黄树叶的胡杨,亮得夺目,黄得鲜明,一团团,一簇簇,好像每一棵胡杨树都要燃烧起来了。它们全都高擎着火炬,挥动着,跳跃着。树叶叮当作响,如同千万根树枝在燃烧时发出的声音;不大的风在树与树相邻相隔的缝道里,在枝与枝、叶与叶相拥相挤的空隙中大呼小叫,又似千万棵树木在燃烧成烈火时的呐喊。看上去,它们似乎都在克制着燃烧的欲望。火炬渐渐地暗下来,一闪一闪地融进了大漠的夜色里。

有胡杨挺立的大漠夜色,并不全暗。在金色树冠照耀下,在从漠野吹拂过来的小风中,听得见胡杨树脱皮和落叶的声音,低沉的、和缓的,却有一种节奏;也听得见鸟鸣声在回应着,细微的、急促的,也有一种律动。

是天籁之声?是自然共鸣?

第二天,当太阳照进胡杨林时,一枚枚金币似的胡杨叶又把树林辉映得像金色宫殿似的。阳光照耀下,整个世界都明亮起来,高旷的天空、寥廓的大漠在光芒的直射和光辉的映照中,明晃晃、明艳艳,亮铮铮、亮堂堂,使天与地之间的界限变得不那么明显。如果不是身在其间,很难想象到此时此地日树交辉、金碧辉煌的情景和天地相映、壮丽奇妙的意境。

再细看,棵棵胡杨树上,竟同时长着柳叶状叶片、银杏叶状叶片、枫叶状叶片。叶形迥异,色泽也有所不同,但在秋日阳光里却同呈金黄,色彩鲜明,和谐共生,令人感受到自然万物的神奇和天地宇宙的神妙。

是胡杨树的创造?是大自然的奇迹?

3

中秋以后，风吹过来凉丝丝、凉飕飕的。就在这样的秋风秋凉里，沙漠深处，额济纳河畔的胡杨林里，一树树的叶子一点点地变黄，从淡黄到鹅黄，从鹅黄到橘黄，从橘黄到金黄，就像有人施了魔法似的，神奇地变幻着。看似不动声色，却是有声有色地展露着、展现着。据说，这里的胡杨林有二十五万亩呢！那一片绵延、广袤的金黄，就像荒漠中的火炬，蔚为壮观。

沿路看去，所有的胡杨树都长得高高大大、粗粗壮壮。它们自觉地排成方阵，整整齐齐、密密丛丛，长年驻守在这少有人来的漠野的边边上。虽历经千百年的风狂沙暴，枝桠被沙石击断，树干被风暴摧歪，却能够重长新枝、再往直长；而且，仍然昂首挺立，不屈不挠，守护着沙原上的田陌水井，守卫着沙漠里的大人小孩。它们真像是头戴军帽、身穿军装的沙乡卫士，令人心生敬意。

顺着它们的长势看过去，胡杨林近近远远、浩浩荡荡地一路延伸着，直到最北边的国门，形成一道天然的国境线。它们也是各国人的忠实朋友，终年为来到这里的人在漠野上搭好夏天的绿荫、冬天的风屏，在树皮下藏好解渴的浆汁、提神的津液。它们也像是忠诚、热情的解放军战士，无论是寒流来袭还是燥热憋闷，都坚守着那条细长的界河和那片空寂的沙地。它们很辛苦，呼呼地喘着气；恰是很快活，哗哗地笑个不停。

仰望胡杨，又见那看不到头的金黄叶子都是向南的一面更浓郁、更繁盛，在一片黄色的沙地上行走，她，还是指路明灯哩。

4

在远离河岸的沙漠里，竟看到了一大片死胡杨林。完全干枯的树枝，树皮早已脱落，树梢已然光秃；但，树干依然直立，木纹依旧清晰，树梢还是直指天空，枝桠也保持着原先的模样。这，就是民间传说中所讲的，胡杨树生而不倒一千年，倒而不死一千年，死而不朽一千年。沙漠上的人们把胡杨看作烈士，看作英雄，英雄精神永恒。自然万物，活着、死去都是必定的，价值和意义却是相差相异。胡杨，不仅是一种能让沙漠变为风景的树木，而且是一种能够为行走在漠野中的人遮蔽烈日、阻挡风沙、解除干渴、滋润生命的植物。胡杨树藏在树皮下的浆汁，那是救命的汁液啊！

  死胡杨林里的棵棵胡杨，各有各的模样，各有各的姿态，显示着它们活着时对天对地的抗争，显露出它们生长时对雨露对雪霜的渴望。那是它们的意志、力量的生动写照，是它们向往、希望的形象显现。它们向人们展示的，不是因干枯而死亡的恐惧和畏缩，而是面对艰苦、灾难的坚忍不拔、宁死不屈。大自然赐予人们许多，但它常常很残酷。常说看事物要全面，确实是有道理的。

走进戈壁滩

祖国西北边陲,天亮得格外迟。早上八点钟,应该是小孩子进课堂上课、大人们在单位里上班的时间,而在这里,满天星斗仍挂在黑色的天幕上。

我们还是按老习惯准点出发,要去见识一下过去只在书本上读到的戈壁滩。

按照当地人的指点,我们一行人,带足水和干粮,带了指南针和地图,骑上骆驼,做好一切"历险"的准备。

骆驼在茫茫无际的"古道"上一步一步地走着。不见人烟和房舍,不见杂树和小草,飞鸟绝踪,万籁俱寂。虽然时时都在向前走着,却好像一直在原来的地方,好像没有走到的时候。一天又一天,人坐在驼峰上,只见路两边的地上,黄色的沙粒中混合着黑色的石砾,还有白色的以及说不上什么颜色的小石子和小石块。总之,除了沙石还是沙石,除了沉寂还是沉寂。偶尔远远地看见一两头野骆驼在缓缓地走着,那一步一个脚印的走路姿态,让大家担心它会永远也走不出这片无水无草的荒地,但一想到它是被称作"沙漠之舟"的动物,也就释然坦然了。就这样,一天又一天,在驼峰上,在苍茫间,在日出与日落的交替中,在满地砂石与满目荒凉的叠印里,只觉得路程是多么遥远,时间是多么悠久,行走是多么呆板,日子是多么漫长。一天天地单调着,重复着。虽无需自己走路,却感到疲惫不堪;虽不必总是说话,竟觉得口干舌燥。实实在在地知道了什么是"千篇一律",什么是"度日如年"。后来我们才听说,就在我们走过的那片荒野上几万平方公里内只居住着几户人家,这一家与那一家的距离最少也有几百里路呢。有意思的是,沙石地上根本看不清连接着人家的路，路标就是风干了的发白的驼粪，或者就是凭感觉。

在戈壁滩上旅行，最怕起风暴。不过，怕也没有用，狂风常常突然而至。刹那间，风吼石啸，天旋地转，拳头大的石块凌空飞击，扎好的帐篷直旋而上，像是《西游记》里众妖怪一起奔将过来，天地混沌，日月无光，让人动弹不得、奈何不得。这时，只有立刻钻到骆驼身底下。等到风一停，一切都恢复到原来，好像什么也没有发生过。摸一下脸，有一种干草拂过的感觉。

当然，还是这样的一天又一天。

忽然，有一天，骆驼还是慢悠悠地走着，竟冷不丁地感受到远方有一缕潮湿和清新吹来。于是，人和驼都兴奋起来。骆驼的脚步竟快了不少。急行间，似乎已经望到了长着一片片、一丛丛梭梭和一堆堆、一蓬蓬沙蒿的那块地方。可是，就这么一段望得到的路，却又走了大半天。

突然间，竟是满目绿色。这里，除了梭梭和沙蒿，还长着骆驼刺、沙葱和一些不知道名字的矮草。人刚从驼峰中下来，就有一股水的凉爽味扑面而来。原来，在沙石的簇拥之中，藏着一个不算大也不算小的湖。近处，还星星点点地分布着一个个小小的、被称为"海子"的水泡子。湖与海子的水都极清澈。无风时，阳光下的水面蓝得光亮耀眼。梭梭的银灰色茎干、翠绿色嫩枝、浅绿与鹅黄相间的叶片与深绿色的蒿草、油绿色的沙葱，一起倒映其中，使美丽的绿色漾开来、溢开来，让天空的蓝色与戈壁滩上的这片绿色相互映衬、相互交辉。于是，苍茫间有了生气，荒凉中有了生动。

当然，走到这里的骆驼是最惬意的。它们在莹澈的海子边，伸展起伏的脖颈，饮着清冽的甜甜的水，水珠子在它们长长软软的嘴唇边银珠般散落，肚子鼓起来，毛色润起来，扁圆的驼眼也霎时亮起来。这时，骑驼人的心就放下来，好心情就涌上来。再骑到驼峰上，竟望到远处胡杨林郁郁葱葱，一派生机。

时代在变，戈壁滩在变。

第五章

青城　木村　野花

塞上青城风土情

中山路：见证青城变迁

呼和浩特，是蒙古语音译，意译即为"青城"。青城中山路，东起新城小花园，西至市工人文化宫，约有二三里长，是连接原先的旧城（即早先的归化城）与新城（早先为绥远城）的主要街道。所以，凡住在这里的人，无论是外地的、本地的，无论是大人，还是小孩儿，没有不知道这条街道的。

二十世纪五十年代初，我听从党的号召，从长江以南来到阴山之麓的这个城市。我工作的单位（中共绥远省委，中共中央内蒙古分局）正是在新城北城墙下。一到周日，同事们就相伴着到旧城去买东西、看电影。当时，机关里一个部门只有一辆自行车，是供通讯员送信用的。我们去旧城时，就到新城鼓楼（现新城立交桥交汇处）坐马车，直穿那条笔直的中山路，一直坐到旧城的大北门（当时，城门还保留着）。那时，中山路是一条土路，路两边是空旷的原野。记忆中，在路的南侧有一所中学。那是这里最好的中学之一，早先叫奋斗中学，就是现在的二中。旁边是一座电讯长途台的灰色砖楼。最漂亮的房子，就数与火车站下来的那条街交接处的一栋名叫联谊社的两层小红楼。正由于路两边的房子稀稀拉拉，所以路旁虽然站立着许多高大的柳树，漫天的风还是弄得人们满头满脸的沙土。只有夏天，在一路柳荫下，坐在马车上颠颠簸簸的，倒真有一番说不清的惬意。偶尔，骑着自行车飞速前行，也用不着担心会撞着别的车或行人。

不久，中山路上有了公共汽车。那是一种烧木炭来开动的老式汽车。一路上发出极响的噪声，冒着很浓的黑烟。但在当时人们的心目中，汽车比马车快了许多，汽车里坐的人也比马车多了不少。好像谁都没有想过什么环保的事情。

大概是在自治区成立十周年的时候，中山路西段的北侧，造起了一幢四层大楼——联营商店。这是当时青城最大的百货商场。不管买不买东西，人人都要去那里转一圈。从一楼到四楼，吃的、穿的、用的，一应俱全。一到过年过节，城里城外、新城旧城的人们没有不来这里的。连后山的人也要赶着大车来走一遭呢。于是，中山路开始热闹起来。公共汽车还在这里设了站。

接着，在二十世纪五十年代后期，紧挨着联营商店的西边，陆续地又建造了内蒙古供销合作总社大楼、工会大楼、呼市工人文化宫等；在工人文化宫对面的人民公园（即现在的青城公园），当时也在不断地兴建、拓建之中。人们最先看到的是，正对着公园大门的烈士纪念碑高高地耸立着。常常有家长和老师带着孩子们到这里来。也常见工人、农民在这个还没建好的公园里进进出出、在中山路上来来往往。每到周末，工人业余文工团还常常在文化宫上演话剧和歌舞；农闲季节，农民们还会到供销社去咨询。一派工农当家做主、百业兴旺、人气高升的繁荣景象。

逐渐地，一年、二年，从联营商店往东，路的北侧又造起了呼市人民政府大楼，路南侧也盖成了呼市公安局、消防总队的办公楼。在楼与楼之间，又相继嵌入了市联营菜市场、市人民医院。与老百姓生活密切相关的所有机构几乎都聚集在中山路上。中山路，从二十世纪六十年代以后，逐渐成为青城政治、经济的中心区，成为这座城市在时代变迁中发展、进步的一个标志。

改革开放时，位于中山路北的新华广场和路南的市展览馆，都已建造得初具规模，市民与这条路的关联就更紧密不过了。

历史进入新时期以后，随着民主政治的日渐推进，民生问题受到真正的重视，市政建设规划着眼于百姓的安居乐业，中山路重新拆建整修。如今，不仅民族、天元、王府井、维多利等大商厦齐集于此，而且，各类有着鲜明的民族特色、地域特点的专卖店也都在这里一一展示。这条有着悠久历史的古老街道，在新世纪里成为青城的一条商业中心街。街道两旁现代化的崭新楼宇，走在人行道上穿着各式民族服装的熙攘人流，停车场上各种型号的大小私家轿车，都生动地显现出这座塞外古城新的生活状态和精神风貌。

一条中山路，竟藏着青城几十年变迁的历史。

木板大车就是青城公交车

往昔的青城，马车，是百姓出行的主要交通工具。尤其是来往于新旧城之间，非马车不行（那时虽然有一辆用木炭燃烧发动的公共汽车，却只有星期日才开）。这种马车，当然不是过去欧洲城市里那种有帐篷、大轮子、前面有踏板、后面有靠背、用四匹或两匹良种大马牵引的豪华马车；也不是以往中国北方城镇中那种毡盖暖棚、生铁轮子、栎木支架、榆木垫板、由两匹或一匹本地马拉着的乡绅轿车；而是那种中间有平阔木板、两旁有低矮木栏、可坐人、可堆物，铁包木的轮子，只有一匹马拉的、完全敞开式的本土大车。所以，这种马车就被百姓称为"大车"。

赶"大车"是个苦差使，车倌们春天被大风刮起的沙尘呛着，夏日被漫无遮挡的太阳晒着，秋季被大青山里的冷风吹着，冬令被能冻掉耳朵的寒冷围着。虽然"大车"就在城市里来回走转，却算得上是千辛万苦。那些车倌，都有一股不怕天、不怕地的坚忍精神。无论遇着什么样的天气，他们还都要大声地吆喝，一边招揽顾客，一边就忙着扶老人小孩坐到车中间的木板上。等到板上栏上前面后面全都坐满，他才乐呵呵地坐到一个角上，甩一鞭子，吼一嗓子，那匹马就跟他配合默契，飞奔向前。那会儿，偌大一个青城，路上没有几辆汽车，行人也不是很多，那马完全可以一往无前；如果正好遇到那辆烧木炭的公共汽车，它还敢于超越呢。车倌呢，虽然苦一点，却也自在，一路上，哼着小曲儿，唱着爬山调，既是很好的自娱自乐，也为心急的乘客解闷儿、逗乐儿。如果有外地口音的乘客，这个车倌还会为你指点路两旁的可去之处，而且有问必答，百问不厌。所以，人们坐在"大车"上，即使有点拥挤，有点伸不开腿，有时颠颠簸簸，有时摇摇晃晃，心情倒是挺好的，也就觉得坐这"大车"虽然很老土，却也是了解百姓、熟悉民俗的一种方式，独具特色，还别有一种情味。

那时，自治区一级的单位都在新城，而大商店、电影院都在旧城。所以，一般情况下，一到星期日总要去一趟旧城的。也就是说，每周总要坐一次"大车"。坐一次车只要花一毛钱。

每家院里有"洋井"

我是南方人，在钱塘江边出生，在黄浦江畔长大。水天水地里，水是最平常、最普通不过，也是最不可缺、最贵重不过。

二十世纪五十年代初，我响应党的号召，投身革命，来到了塞外青城。在南方人的心目里，这是个缺水的地方。可一看地图，黄河正从这边流过。但，长辈们说，黄河的水是浑泥水；况且，大漠之地十分干旱，黄河每年断流的时间是很长的。

初来乍到，正值盛夏，洗一把脸，水却是冰凉的，顿觉清爽和醒目。南来的人都很诧异，怎么也弄不懂，炎热天气里，哪来如此提神醒目的清凉水？

原来，这里人们的生活用水都来自地下。

那时的青城，无论新城旧城，大街小巷中家家户户院子里都有一个小小的抽水井。大概是因为这"井"的机件是外来的，所以称它为"洋井"。弯弯翘翘的铁柄压下去，圆圆粗粗的筒口就涌出水来。水涌出时，很急、很冲，清冽而显清亮，冰凉而至冰冷。这水，长年汇聚、贮存在很深很深的地底下，水温保持着一种恒温。酷暑季节，水是凉凉的；到了严寒的冬天，地上是冰雪世界，地底下的水却不会结冰，而且，由于水温大大高于地面气温，人们就不觉得水的凉，反而会感到水里那一点点、一丝丝的暖。从外面进屋，掬一捧水，撸一撸脸，浸一浸手，那种冻得发僵发麻的感觉即刻就会化解。

最入心的是这水的味道。从小喝的是钱塘江、黄浦江边那些城市里满溢着漂白粉味儿的自来水，刚一喝塞外的地下水，只感觉清清爽爽，还有那一星星、一缕缕的甜。把江南的新茶用这漠北的清水沏上，真正是别有风味，只是当时青城人似乎还没有察觉到这一点。不过，用滚开的地下水泼一碗油茶，和一笼莜面，倒也是格外的甘香、分外的筋道。

常说"身在福中不知福"，真是这样。当地人总嫌这水太"拔"。女人们的手不沾这凉水，洗米用勺子淘，洗衣要烧一大锅热水。我从小生长在温暖的地方，不怕凉，不怕"拔"，清清的地下水洗出来的衣裳干干净净、板板整整。我的手关节也从来没有疼过。

当年青城的地下水，是活水，是净水，清莹莹，甜兮兮，令人不能忘怀。

大召跟前糕铺多

我来自南方，除了习惯吃大米饭，从小爱吃糯米和糯米粉（糯米，这里的人称之为江米）做的粽子和糕团。这些食品，软软的，绵绵的，黏黏的，慢慢嚼着，满口生津，满嘴是香。

刚来青城时，家人担心我饮食不适，总是在天冷以后寄一点桂花糖糕来。那是用糖腌渍的桂花、猪油粒和新糯米粉舂打做成的。有一首童谣说："吃糖糕，快长高，样样事情做得好。"可是，千里寄糖糕，多麻烦呢。而且，毕竟不是刚做出来的。

当地的朋友说，这里的黄米糕，热腾腾、黄灿灿、香塌塌，不比江南的糕团差，你想吃多少有多少。

于是，一个深秋的星期日清晨，按着当地人的指点，我来到旧城的大召。只见大召跟前人来人往，熙熙攘攘，好不热闹。忽见一店铺门柜上放着一块大案板，一位师傅两个拳头上抹着香香的胡麻油，正在捣着一大坨金黄金黄的"糕"，这"糕"名叫素糕，论斤称着卖。你买了，任着油炸、贴煎；或蘸白糖，或就热汤，也随各人的意。这糕，是用塞北土地上生长的黍子面蒸制而成，很实在又很便宜，真正是想要多少都不愁。买一点，尝一口，是一种天然的香甜，一种天成的甘美。

再走到隔壁的铺子里，只见大案板上是一块像倒扣的脸盆般大小的"糕"，一层糕一层枣，买时，店主用一把宽宽的大刀，把糕切成片状。一片片，薄而不碎，黏而不粘；深红与浅黄色彩交错，糕香与枣甜味道交融，随着热乎乎的蒸汽散发开来，这叫枣儿切糕。枣儿小小的，带点酸味，也是本地的枣树上结的，很新鲜也很实惠。再买一点来尝，枣味渗进糕里，糕味洇在枣中，更是香喷喷，甜津津；那香，那甜，非亲口尝很难说出来。

再走下去，又见一位大妈用捏得薄薄的糕皮子，包着熬好的大芸豆泥，随包随炸。炸出的糕皮焦黄松脆，豆馅酥沙面甜，并无任何香料、作料加入，自然而然，也是用当地种植的胡麻籽油炸制的，油光光，黄生生，就叫油糕。油好糕好，再买再尝，黍子香、芸豆香、胡麻香，三香合一，可谓糕香之最。

听这里的朋友说，黍子、芸豆、胡麻，都是大青山下土默特平原上的土特产。因天寒水少，产量低而养分高，滋人养人，还耐饥耐劳。当地民谣中唱道"三十里莜面四十里糕"，实在赞得好。

一方水土养一方人啊。

最美边境额济纳

在内蒙古与蒙古国接壤的、大西北干旱的大地上,有一个美美的边境小城——阿拉善盟额济纳旗。

到达额济纳时,已近黄昏,大漠固有的宁静使天地的色彩更加纯净。湛蓝的天空与赭褐的沙地之间,淡黄的夕阳余晖像远方的灯火,使人留恋,使人怀念着白昼的光明和正午的热烈;艳黄的胡杨枝叶则像不灭的焰火,令人目眩,恰更令人向往着日子的充实和生命的美丽。

走进额济纳,立即感受到的,是那硬而尖的风。这风,小一阵大一阵,但,无论是小是大,刮到脸上手上,都是刺刺的、怦怦的,好像粘上了牛蒡草、挂到了玫瑰枝那样。听当地人说,上古时这里水草丰茂,只是这里的牧人性格刚烈,不肯随风迎合。那风,心肠硬棒,待人尖刻,年年月月地刮,没完没了地刮,把沙粒卷到天上又扔到地边,把水分吹到云里又飘向远方。终于,在时光的流逝中,这里竟变成了绵延几百公里的枯黄的沙漠。可是,这里的一代代人依旧刚强、刚正,亮黄的胡杨依然,淳朴的民风依旧。

老天爷总是眷顾善良的人们。额济纳虽是一座沙漠小城,千里黄沙中却流着一条河,一条长长、宽宽、清清、亮亮的额济纳河。河岸两边有胡杨林,有白杨树、杉树,树与河一起调节着这个小城的天气,还让这里的小孩子在日光如火烤的时候,有个玩耍的荫凉去处,在饮食很单调的时候能吃到新鲜的鱼。虽然,有树荫的季节很短,河里游着的又都是长不大的小鱼,那也是大自然造化的奇迹。

有河,有树,就有鸟飞来。那些飞得很快的鸟儿们,或以此地为家,或就此相亲约会,或因此与小孩子交朋友。它们中,那终年穿纯白色礼服、脚着黑靴的天鹅，高雅而时尚；那两腿修长、披着银色大氅的灰鹤，高傲却潇洒；那总是穿戴着鲜艳服饰的鸳鸯，高贵也从容。它们先后赶来，和小孩子做个伴，跟小孩子一起高兴、一道开心。

小孩子最爱云雀。因为云雀也是小小的，却飞得高、唱得好。每当晨曦降临，茜红微微染上天边，太阳即将升起的时候，云雀就在天空中唱起欢悦的歌。它的歌，像黎明一样清新、美好，像童心一样纯洁、快乐。它的歌，让小孩子爱家乡、爱自然、爱生活。

额济纳，与这里的大地、小河，与这里的胡杨、百鸟，相依相伴，和谐和美。

额济纳，一座美妙的边境小城！

神泉雪城阿尔山

　　内蒙古兴安盟阿尔山市是中蒙边境的又一座小城。说它小，是因为它的市区特小。二十世纪九十年代中期，全市只有七幢楼房，茂密的森林环抱着它，老远地看过来，根本看不出那儿还有一个"市"存在着。外地的游客来了，在市中心的大街上行走，就像在公园里散步一样的悠闲。之后，市区逐年建楼房，也多为一幢幢红色尖顶、白色墙体的欧式小楼，很别致，却都小型；很优雅，又都小巧，由于这里天气寒冷，冰冻期长，房子小小、窗子小小，利于取暖、保暖，院子小小、门洞小小，可以挡风、抗风。而且，人口少，学校就小，商店就小，医院就小，剧场就小。不过，小有小的好处，精致、精良更好。

　　别看城市小，名气可不小。因为，阿尔山是一个全国少有的温泉城市。地方小小，却分布着四十八眼温度各异、功能独具的天然温泉。这些温泉，甘甜者可饮用，渗透者可泡渍，泽肤者可洗浴，可治疗各种各样难愈的病痛，被百姓称为"人间圣水"。神奇的是，这些温泉的泉眼都极细小，却千百年来涌流不息，且洪水冲不淡、泥沙掩不住、风云变不了。在往昔年代里，乡下农人、草原牧人们哪里能到大城市去看病呢。他们就到这里来治病、防病。这是长生天对勤劳大众的赐予啊。

　　这里，除了有健身的泉水，还有挺立的杨树。它们或东一棵、西一株地散立在不大的楼房边，或站成排列成行守立在伸展的道路旁，或组成个个方阵聚立在空阔的郊野上。长年累月，任小孩子围着它、绕着它嬉戏，任汽车火车飞驰着、呼啸着从它身旁经过，又任风儿吹响它的叶子，直至冷飕飕的秋风把它的叶子吹下来飘在空中，落进泥土，它依然伸着枝桠，供鸟儿歇息，为行人指路。

时代变迁，生活变动，远在林间的阿尔山温泉的水质永远不变。阿尔山，全称"哈伦阿尔山"，蒙古语意为"热的神泉"。常常说人与大自然相依相存，事实胜于雄辩。

更有意思的是，这里虽然地方偏僻、人口很少，却包括了蒙古、汉、满、回、朝鲜、达斡尔、苗、壮、锡伯等十三个民族，作为偌大中国的一个小"市"，真是再小巧不过了。

北疆之门二连浩特

1

很多年了,一直想到二连浩特去看看。

因为,那是一个极具特色的边境城市,地处祖国正北边疆锡林郭勒大草原的深处,听起来很远很远,其实,离自治区首府呼和浩特市只有三个多小时的车程,开车到首都北京也只需半天多一点的工夫。何况,现在又开通了航空。它的建设、发展,它与内地、与发达地区的联系,它的现代化程度,都有一种独特的优势;它,处处都显示着人民共和国强大的力量和中华文明深厚的底蕴。还因为,那是一个极其重要的边贸小城,周边虽属半荒漠草原和典型草原的交错地,气候寒冷,风沙很大,但它面对的,却不只是蒙古国,还有俄罗斯及欧洲国际市场,它的背后又正是我国京津塘经济圈和呼包鄂经济带,它其实是一个连接欧亚的关键的陆路口岸,是中国大陆北面进出口的最前沿。它的变革、前进,它与欧亚各民族人的来往,它的信息化广度,又有一种独具的状态;它,时时都展示出祖国改革开放的蓬勃生机和中国崛起的另一侧面。更因为,那是一个极有意义的世界性的恐龙研究的热点地区,已发现的诸多恐龙化石、通古尔动物群化石,以及在千年万年历史风雨中形成的宝德尔楚鲁天然花岗岩石林群、古榆树群、查干敖包庙建筑群等古迹,都呈现出一种历史前行、时代前进的独一的况味;它,事事都昭示了这一地区在世界古生物研究史上无可替代的价值和无可言说的内涵。

这是一个神奇的历史传说与神妙的现代文明相映衬、相交辉的地方,也是一个有着神秘的缤纷色彩与神奥的别样意蕴的地方。

2

真的要去二连浩特了。

为了观赏一路上的风景,车没开到高速公路上,走的是那条长久藏匿在山里的"战备路"。窄窄的两车道,道旁是齐齐、高高的杨树,树背后是一丛丛、一簇簇叫不出名字的灌木林,林木下面是一片片苍青野草地、一团团粉紫杂花洼。时近深秋,大青山竟依然绿意浓浓、生气勃勃,似乎有点意外,想着定是老天爷眷顾我这个扎根内蒙古、热爱北疆的南方人,让我看看作为呼市倚靠的这座山的"大"和"青",看看作为塞外屏障的阴山山脉巅谷间之"阴"和河川后之"阴"。车道顺着山势上上下下、起起伏伏,弯弯绕绕、曲曲折折。坐在车里,高一下、低一下,浮一阵、沉一阵,使我想起小时候在大风天里坐江船时的情景。等到车过了小井沟,穿过四子王旗,竟一下子不见了山,只留下山脚伸展过来的缓缓丘陵和展展坡地。草不算高,却密密匝匝、绿绿乎乎地一直长到天边。啊,这就是广阔的葛根塔拉草原!车再向前,不经意间,原野上的草已变了样,匀匀的小草变成了堆堆的沙蒿,绿毯似的典型草原变成了半荒漠草原。车穿过赛汗塔拉镇,开得不快,却很快就来到了二连浩特。

在广大的内蒙古大地上,这点路程不算远。因为车开得慢,用了近半天的时间。可就在这半天里,竟经历了峰峦沟壑、树林湿地、丘陵草原、荒漠沙野,经过了工厂农田、驼乡牧区、铁道公路、桥梁隧道,其间最忘不了的,是一座座巨大的钢制风车似的风电装置和一个个连接的人工湖似的光伏发电场地。远远望过去,顺着风势急速旋转的"风车",泛着湖光一片蔚蓝的"水面",真像是看到了一个现实的童话世界。大中国的辽阔广大,大自然的鬼斧神工,老百姓的辛勤劳作,各民族的共同创造,怎不令人感想连连?

3

终于来到二连浩特。

这里,东北连锡林郭勒盟苏尼特左旗,东南临浑善达克沙地和苏尼特右旗,西北接蒙古国的扎门乌德市,西南揽额仁淖尔。虽然,无农不牧,却与农区牧区一起;虽然,少雨缺水,却与可积水的淖尔相近;虽然,遥远偏僻,却因边疆建设的兴盛,从自治区各地来了许多从事各行各业的人。于是,一座新兴的城市就被人们勾勒出来、建筑起来了。我现在看到的,是通畅、整洁的横竖街道,是高耸、庄严的机关大厦,是精致、舒适的住宅楼房,是敞亮、丰富的超市商场,是高雅、多样的各类学校,是幽静、素朴的中蒙医院;还有别致的恐龙化石博物馆、伊林驿站博物馆、宽广的健身体育馆,以及情韵满溢的剧院和花草满目的公园。一切都是新的。到处都干干净净、漂漂亮亮。而且,由于国际列车直达莫斯科,直通欧洲,常来常往中相互间的影响很深,这里的建筑风格有不少是欧化的,也有众多蒙古式的、中国传统亭廊型的。尖直的橘红色的屋顶、看似粗糙的乳黄色的墙壁,与那些像倒扣银碗似的蒙古包似的半圆形屋顶、看似全透明的圆周形的玻璃窗户,以及那些瓦灰坡顶深灰砖墙、青蓝穹顶宝蓝幕墙,映照在旭日的辉耀中,映衬在夕阳的霞光里,错落有致、交汇成韵,自具风格,自成风景,自含一种和睦、和谐的内蕴,自有一种开明、开放的意味。那种不同民族共处中相互交流、相互汲取的欢喜与欢悦,那种不同人种来往时相互了解、相互包容的细心和耐心,更令人感觉、感受到这座边城的意蕴无限、意味无穷。

4

二连浩特是写不完、写不尽的。

因为,在社会迅猛变革、时代急速变动中,二连浩特的方方面面飞快变化,与时俱进,日新月异。关于二连的文章,怎么能写得完呢?就说这里的公园，除了衔接着历史和现实的国家地质公园，还有联系着传统和现代的陆桥公园，标志着生机和活力的奥林匹克公园；还有寓草原与漠野于一体的策格风情园、合表演与示览于一处的艺术交流场园；更有显原始与悠久于一方的树化石展区、融壮美与庄严于一地的国门界碑景区等。随着开放的深入、国家的振兴，北地资源还将逐年地完善地开发，这座边城还会逐渐地完美地开拓。写二连，自然不会有完结。

还因为，在信息化、全球化的发展中，祖国，时时都在每一个国人的心中。祖国的边疆，神圣不可侵犯；边疆城市的风貌，又正是神圣祖国的一个标志。每一个来到二连、建设二连的人，都挚爱着、深爱着这座城市；它的开发、开拓，正是这种挚爱和深爱世代延续的必然。写二连，自然不会有尽头。

等明年，再到二连浩特，再写它春雪消融时的湿润、夏草鲜嫩时的清香、秋风劲吹时的电能、冬阳直照时的采油。更要写二连人的自豪与务实、自觉与刻苦、自信与创造、自强与奋进。

小丁丁的花山乡

兴安岭下最北头的那个乡村，背靠着蓝色天边的深绿色山坡。路在山的背面，如果没有人指点，就不会发现这个小得一丁点儿的村子。

村子很小，不管你敲响哪家的木门，全村都能听见。

用一根根圆木垒起来的一座座小屋聚落在山脚下，家家的木门都关着，你敲门敲得再响，也无人回应。这些木屋，就像是看山人在这里堆放着从山里采伐下的木材。周围一片静寂，人站着就能听见风掠过木屋的声音。面前，只有一条土黄的小路弯弯曲曲，伸进那被嫩绿色灌木林覆盖的斜山坡。路，被那浓浓的绿色遮住了，多长？多远？通到哪里？村外来的人不知道。你就只得顺着这条小路走。走过这片密密的小树林，只见那山坡的阳面，顺着山势，种着油菜、荞麦、山药，开着黄色、紫色、白色的花。背阴面的山腰间，鲜绿的小草，白色的野芍药，火红的山丹，紫色的吊钟，蓝色的野菊，黄色的蒲公英，藕荷色的绒球花，一<u>丛丛</u>、一簇簇开得蓬勃又鲜艳。金翅膀的蜜蜂，花翅膀的蝴蝶，绿翅膀的蝈蝈儿，在花<u>丛</u>间飞舞、追逐。身披坚甲的各种甲虫，在枝叶间爬上爬下，有时还故作飞翔状。地上，满身油亮的蚂蚁，为了搬运一点点食物，跑来跑去，忙个不停。曲曲弯弯的蚯蚓是最老实本分的，从早到晚，帮所有的人和动物翻土、施肥，一直很起劲。

小小的各式的花，小小的各样的虫，在这个小小乡村里，快乐地干着，快活地住着。

回过头来看那些小树，它们的枝叶间藏着小小的、轻轻的、叫不出名字的果实，看样子，果实还没有熟。往前走，是一大片桦树林，白白的树干上长着黑黑的眼睛，那眼睛似乎都在盯着外来不认路的人。这时，林地上已没有了路。可你绝找不到问路的人。你只得在树与树之间穿行，眼睛一直看着地面，就觉得这段路太长太长。终于走完时，才看到前面又是绿色的灌木、各色的花朵，又是忙碌着的蜂蝶虫蚁、跑动着的小生灵们。一时间，竟以为自己还在原来的地方呢。仔细看，才看到花丛里藏着一所小小的学校。依然是木门、木栅、木楼，却是红砖、红瓦、红墙，小小校舍结构巧妙，回廊式的，沿坡而上，顺势而下，像童话中那个圆鼓鼓的小小堡垒。正是上课时间，小小校园里静得能听见小飞虫在枝叶间飞动的声音。

再向前走，走过种着马铃薯的开阔地，路就在向上爬行。在高高的平坡上，是一片繁盛的栎树林。小村里的人们都在这里忙碌着。他们说，栎树叶用来养蚕，栎树皮能制成染料，栎树木材可做高档家具。这栎树林就是他们的"工作单位"呢。而满山漫坡的灌木林、野花丛，正是他们的"生态公园"啊。那在花树里的童话式的学校，是大人们用劳动所得建起的。身在僻壤，心系未来。这里的人们整天忙碌，为的是新一代人的成长，为的是新世纪新的未来。

从高坡上看过去，一片绿林，一片鲜花。扑面而来的，是清爽的庄禾香，清新的青草香，清雅的野花香，更有清浅、清淡的新书的油墨香和大仿本的竹子香。大自然香气郁郁，课堂上书香浓浓，温和而温馨，爽人耳目，沁人心脾。

这是一个小丁丁的花山乡。

金灿灿的木村庄

当我们来到西北边疆苍绿色的崇山峻岭之中的时候，已是春天。山坡上的树都已经昂起了头，一副精神抖擞的样子。但，树底下似乎还没有春天的影子。从雪山那个方向吹来的风，还是凉沁沁的。山下的草甸还没有褪掉枯黄的颜色。雾气缭绕的雪山在很远的地方，在日光里恰能够远远地望到那一片银灰，熠熠耀耀，居然刺着人的眼睛。大概是海拔高的缘故，天空显得格外低；天上是一种透明的蓝，干净而明澈，是不掺任何杂质的原色。

车在湛蓝的天空下飞驰，驰向草甸深处的绿地。迎面的山都急急地向我们奔过来，时时都有立即撞上的感觉。看着山顶的云直直地飘过来，好像可以抓着它到天上去，那种感触真正是飘飘然、悠悠然。

我们的目的地，是草甸深处那座小小的村庄。那小村，很偏僻，很孤零，村人生活却很安定、很快乐。我们想要亲身感受小村的人气旺旺、生气勃勃。

车拐过一个小小的牧场，停在了树林边。走进林中的小道，小道很窄，夹在山树中，绿得幽幽暗暗，不长的路似乎很长。走完小道，眼前依然暗兮兮、绿乎乎，定睛一看，高大的白桦，挺拔的云杉，坚毅的红松，壮实的黄榆，一大片一大片地围护着一座有着几十户人家的木头村庄。村里全部是用原木搭成的木楞房。木头的墙，木头的屋顶，木头的桌凳，连墙上挂物品的"钉子"、孩子们拨弄的乐器、房后面的水车，也都是木头的。屋里屋外弥漫着树木的清幽气息，香香的，恬恬的，说不出的幽雅和幽秘。

这一天，天气格外好，树、屋、人一起沐浴在被围裹住的金色阳光里。

中午时，金色的日头就把喜人的日光洒向小村，洒向小村周围的土地。

它用道道金线给赭色的木楞镶上艳丽的金红的边，为木屋周边山巅的巨树树冠纫上几处光灿灿、亮闪闪的美妙图案，为不远处油绿色的农田绣上一片绚烂的金黄，又在苍茫的树林的空隙里缝几道鲜明的亮黄。等到日头走到西边天上的时候，就再在天边浅紫色的晚霞上绕几条明晰而又有点模糊的玫瑰色。小村因日头的关照，变得美丽和明朗、灿烂和光艳。

金色的日头还把暖人的阳光赐予村人，赐予与村人做伴的生灵们。小村庄晒得暖暖的。暖暖的日头跟徐徐的和风、湿湿的细雨一起，滋润了禾苗，苗壮了树木，培育了秧子，灌注了浆汁；催黍谷成熟，让菜蔬嫩生，促果实饱满，使森林茂盛；又让人们暖暖和和地干活儿，红红火火地过日子。叫小孩子高高兴兴、实实在在地吃个足，跳跳蹦蹦、开开心心地在野地里玩个够。

金色的日头照耀着这座西北小村庄。把村庄周边的山林、池塘都照得金闪闪、金灿灿；把村庄四边的田地、郊野都照得金亮亮、金煌煌。

这是一座金灿灿的小村庄。

静悄悄的小屯落

在东北边界一条大江的西岸,有一个与邻国农庄隔岸对望的小屯落。同一条江流过,同一个日头照耀,人种、语言、文化、风习,却各不相同、迥然相异;虽近在咫尺却又远得无法交流。于是,就会想,这个远离内地的小村,是否有点孤独、有点寂寞?

小村里,只几户人家,耕地比较远,天亮去,天黑回,一整天屯落里都是静悄悄的。

每天,当太阳落到了小屯西边的山里,望望河对面,满天的晚霞却都聚到了这个小屯的上空。一到夜晚,老天爷的心就偏在河西岸的这个小屯了。

小屯落的人们都从田野里回来了。

过了一会儿,夜幕即将降落,小村的天空由湛蓝逐渐变成乌蓝,又缓缓地变成乌黑。慢慢地,天与地连在了一起。天上几颗远远近近的闪烁的星星,与地上几处屋舍里刚亮起来的或炽白或昏黄的灯火,相对相照。冷清的月亮升起来了,使星星和灯火都显得黯淡了一些。白茫茫的天河已从天的这端延伸到了那端,在月光下与那条大江交相辉映。这时,江对岸的灯也亮了。远远望过去,隐隐约约,模模糊糊,衍展着小屯人对隔岸人的切切思念。月亮和星星似乎都待在小屯这边。想来月亮和星星也都免不了偏心眼儿。

小屯落的夜,漆黑而又明亮,静谧而又喧动,安宁而又神秘,肃穆而又亲切。

夜深了,夜色更浓,月色正明。小村、小屋、小街,在明净流淌的月色中,时遮时露,时隐时现,朦朦胧胧,令人一点一点地想开去,想得很远很远。这时,远处巍峨高耸的大山、空旷广袤的田野,近处苍劲高大的古树、茂密丛生的灌木,在清淡移动的月光中,忽明忽暗,忽深忽浅,恍恍惚惚,更令人一点一点地想象着,想到国与国之间的和平共处,想到人与人之间的和睦与共,想得很美很美。

夜更深,月更美。没有一丝风,没有一点点声音。耕作一天的人们早已进入美美的梦境中。小屯的夜,无人打扰。但,月光下,暗与明、黑与白的界限还是很清晰的。

这是一个静悄悄的小屯落。

花开遍地香满天

美妙的雪灵芝

西北边境一个个山头左冲右突,横连竖接,形成了山体与土坡交叉处那一条条狭长的山脊和一个个窄小的垭口。顺着山脊与山脊之间沟谷朝里走,光线便渐渐地显得幽暗。已经快立夏了,天空竟飘舞起雪花,山道上不见行人,招呼前后的同伴都必须大着嗓门,让声音在山间回荡,才得以人人听见。

越往里走山越高,山高雪深,春天好像把这一片神奇的土地遗忘了。很少遇到树,遇到了也不见一片叶子,空气还十分地冷哩!

可是,这里却开着一种别处见不到的珍奇的花——雪灵芝。一朵朵花就像是一顶顶洁白无瑕的篷伞,又像是一个个亭亭玉立的白色小精灵。民间传说中这是一种能够起死回生的仙花。它,只能生长在酷寒而清净的高原上,明丽的阳光照耀着它,圣洁的雪水滋润着它,它才能开出这样美妙的花。它,属于意志坚韧、勇于攀登的人。

纯洁的雪绒花

北方的天气,少雨,多风,常见终年遭风吹的歪脖子树和半面秃的岩壁。但,高耸入云、亲近风雨的山顶平地却得天独厚,长年有雾露浸润,有日月映照,有和风拂煦,有细雨渗洇,就总长着厚厚密密的青草,嫩嫩湿湿的苔藓。一到暴热的夏天，青青草地上会一下子开出满地的雪绒花。花朵奇大，一朵挨一朵，沾满细细白绒的长长短短的花瓣，使着劲儿伸展着，拼着力气晃动着，像是初春的新雪，薄薄的，悄悄地随风飘舞，跟雨嬉耍。

雪绒花，名字给人一种温暖的感觉，其实它对人是冷淡、冷漠的。人们很难找到它。即使找到了，怎样一点不损伤地把它带下山，也是极不容易的事。但是，它珍贵、高雅、纯洁。更可贵的是，它有着不惧烈日、不畏严寒的品性和不喜浮躁、不事张扬的品格。

素净的芍药花

在大西北，到了炎热的夏天，雨才真正地下起来。几场雨过后，雨水渗进地里，土地潮湿了，芍药花就一大片、一大片地开出来。远远看过去，白、黄、红、紫，五彩缤纷，绚丽无比。走近去专心地看，细密、碧绿的叶子托着硕大、鲜艳的花朵，如牡丹般富丽，似玫瑰般高贵，像菊花般灿烂；却比牡丹更为清纯素朴，比玫瑰更为典雅纯净，比菊花更为自然明亮。

芍药花生长在北方，从小不怕风大雨冷，不怕风急雨骤。它的根还因此长得很深、很大，是一种名贵的中药。

芍药花，美丽、柔媚，普普通通，自自然然；却坚强、大气，实实在在，和和善善。

蓬勃的杜鹃花

在北方，得等到仲春以后，雨才多起来、大起来。渐渐地，坡上坡下就开满了杜鹃花，红莹莹、水灵灵，与山村小学校的红泥墙、红瓦顶相映衬、相衬托，显示着一种蓬勃的朝气、向上的生气。

雨后好天，天气格外晴朗。清晨，一轮旭日，圆圆的、红红的。极目望去，村子尽头的地平线显得更圆，小学校显得更红。映红了田野，映红了石岗草滩间闪现的上学小孩子的身影,红熠熠、活泼泼,又与漫山遍野的红杜鹃相映照、相映对,透露着一股欢快的喜气、吉祥的和气。

杜鹃花越开越茂盛,越开越艳丽。红艳艳、亮堂堂,与飘动在小孩子胸前的红领巾相辉映、相辉煌,更显现出一派红红火火、和和美美的精神。

质朴的槐树花

天气一下子热起来,吹过来的风也变得热了。于是,北疆乡村里的槐树开花了。一簇一簇,一串一串,开在山丘河谷里,开在村野阡陌上。一片片白,一阵阵香。

清晨,一棵棵槐树迎立在温和的晨风里,一树树槐花沐浴在润湿的晨露中,洁净,晶莹,尽情地舒展着花枝,迎接新的一天。中午,一树树槐花绽放在熠闪的光斑下,一朵朵花儿展开在明朗的光照里,映丽,淡雅,张开着花瓣,使乡野的日子更加灿烂。傍晚,一朵朵花儿轻舞在凉爽的微风里,一片片叶子衬托在温馨的微香间,淳朴、清幽,摇动着花蕊,让浓浓的香气飘洒得更远。

槐花,美得质朴,香得悠淡,它还能做成好吃的槐花饭哩!

典雅的秋菊花

北方的秋天,即使还没有冷,还是秋高气爽时节,许多美丽的花儿也谢了,连一些耐寒的野花也落了。可是,菊花却就在这时开放,用绚丽的色彩来装扮秋的姿容,用飞扬的神采来展现秋的风貌。

菊花在秋天里开得高高兴兴、自自在在。

变得稀疏的林木间,日渐枯黄的草坪上,显得空旷的野地里,有点冷落的溪流边,红、黄、白、绿、粉红、紫红、雪青等各色菊花,各式各样:有的花瓣椭圆、花朵藏在花朵深处;有的花瓣长长卷卷,花蕊的头探得高高;

有的花瓣细细密密，花蕊也一缕一缕的……各自争奇斗艳，仿佛四季的颜色、各型的模样都齐集在一起了。

野菊花更是到处开放，开得漫山遍野，开得色彩斑斓，开得清香四溢，又好像人间的芬芳、天地的馨香都播撒在这边了。

秋风阵阵，秋雨淋淋，刮一次秋风叶落纷纷，下一阵秋雨凉意绵绵。菊花在秋风秋雨中盛开，一扫秋日的凄清和肃杀，那幽幽的清香，沁人心脾，更使人精神奋发、心气昂升。

第六章

苇荡 石窟 古镇

船行芦苇荡

江南水乡，个个小镇傍水，条条大街临河，别是一番风景。但是，多了游船和游人，就添了喧嚣和喧闹。真正的好去处，是在河浜深处的芦荡里。那里，环境宁静而清爽，河水平静而清澈，令人心静而惬意。

春天的一个斜阳烂漫的傍晚，坐船离开了镇上的河埠头，绕出弧状的河湾，穿越狭长的河港，水面就渐渐地宽阔起来。水势很平缓，船轻轻地掠过，在悠悠的水面上微微地摇晃，令人有一种飘荡的感觉。过了一会儿，水面似有了波纹，船过浪涌，水打上船舷，然后又退去。桨声和着水声，船的行进颇有节奏感，又正与船上人的心情相合拍。

斜阳渐稀，不知不觉间，船已进入河汊曲折的深处。眼前竟是一条隐没于草丛间的幽深水巷，宽度似刚容下一条木船通过，伸手可触及从岸边伸过来的湿漉漉的枝叶。水道如巷，一个弯连着一个弯，眼见得船头抵住了前面的土墩，似是无路可走了。可船尾一摆，迎面陡然一道闪亮的水色，一条水巷竟一直朝着一处芦苇荡延伸进去。一路上全是翁翁郁郁的苇丛和密密层层的芦花，散发出潮湿的草叶气息。不远处，还有茁壮的竹林，在落日余晖的掩映下，竹林衬托着苇丛和芦花，煞是好看，诗情画意俱在其中。

船儿径直往前，弯儿拐得越发地频繁，拐着拐着，水巷忽然就暗下来，两岸的芦苇丛越来越密集，水面寂静无声，像是在古镇长长的小弄里漫步，船头碰到苇叶时的飒飒声，听着正像是路人的脚步声。令人想到童年时听过的一个个天黑时发生的故事。

天更暗了，但还有点亮，太阳似乎很不情愿立即落下去。天空是灰蓝色的，水气越发厚起来，叶的香味似乎都凝聚在这里，也越来越浓。猛然间，水路像是被拥着挤着的丛丛芦苇和直着斜着的叠叠浓影阻塞了。那一段弯来绕去的幽深港道，逼近着小木船贴着错落伫立的苇丛缓缓滑行。滑行中，天空消失在芦苇荡里，水巷隐没在船身后面，就像走失在一座巨大的水上迷宫里了。当星星们在天上对我们眨眼睛的时候，船已经走出了苇叶夹道的水巷，芦苇们纷纷退到了一个个土墩的后面，一边在夜风中挥着手臂，一边细声细气说着告别的话。深深的情意就这样流淌在满长着芦苇的河浜水荡里。

芦苇荡，令人难忘的不只是清静，更是朴素和雅致。

漫步东钱湖

南方，美丽的湖很多。杭州的西湖，武汉的东湖，嘉兴的南湖，岳阳的洞庭湖等都名气很大，也都去过了。宁波的东钱湖，以前却不曾听说。

到了东钱湖，才知道它是一个怎样美妙的湖！比西湖寥廓，比东湖清亮，比南湖深远，比洞庭湖秀丽。

湖面好大好大，望开去，湖水绕过一块块小小的陆地，弯弯曲曲地流进远山的夹缝里，也不晓得它还要流到哪里去。远远的山，由黛变青，由青变灰，似是这片湖水把山的颜色逐渐地洇淡了。再远处，蒙蒙一片，山水一色，似是山溶进了水里。再望开去，见湖水蓝得透亮，白云在粼粼的水波中流动，恍惚间，又好像是湖水流在天上，天水相映、相照，耀耀闪闪，光彩四射，好一个亮丽光辉的世界！

湖堤好长好长，走进去，绿树掩映之中，还藏着一个黄墙青瓦的寺院，香烟缭绕，庄严肃穆，一尊高大的观世音塑像立于寺院天井正中，正对湖面，慈眉善目，笑对众生。漫步间，见寺院石壁上刻写着明代丞相孝敬母亲、信奉佛教的事情；见观音亭柱上书写着观心从善、启迪良知的佛诫。却原来，湖光山色之中也流淌着逝去的历史，积淀了传统的文化。历史之河，人生之路，比这长长的湖堤不知要长多少呢。

再走进去，青山耸峙之间，新式的楼群星罗棋布。山风从湖上掠过，湖里的浪拍击着新筑起的石栏，有力的节奏传出历史与现实的交响，表现着传统与现代的交汇。古今中外人人都说"地久天长"，却不知"天外有天"才是一种永恒。走进去，再走进去，才会看到一个个绚烂美妙的世界。

东钱湖，广阔、清秀、明丽、淳朴。如此单纯，又如此丰富。不知它为什么不被更多的人所了解。

近看钱江潮

浙江海宁的钱塘江潮，闻名世界，被称为天下奇观，这，不仅是因为它潮头高、潮流深、气势猛、气魄大，迄今为止，中国、外国任何一处江湖都无法与它相比；更为奇妙的是，无论哪年哪月，农历的初一到初五、十五到二十，都有大潮，而以八月的大潮为最。从古到今，从不失信。可谓亘古不变，独一无二；也可谓来去有序，别开生面。正因此，外国的地理教科书中也都是有叙述、有评论的。

古往今来，写海宁江潮的文章可真不少。只是，百闻不如一见。

总算等到了八月观潮的机会。中秋刚过，赶到海宁，为的是一览"八月十八潮，壮观天下无"的世上胜景。

就在农历八月十八这天，潮讯预测是中午12点潮来。但当地人说，江潮性子急，常常早来，必须提前去。看潮地点本来定的是盐官，因为一代代海宁人都在这儿修筑海塘，清代时这里的海塘已长达20多公里，是历来观潮胜地。这样，四面八方来的游人大都聚集在此。一位朋友去看了看，说是海堤上的人潮更比江潮壮观。于是改路去八堡。八堡在钱塘江口，离海宁9公里。从海宁开车过去，不一会儿就到了。可是，还没等到走上海塘，就已清晰地听见潮起之声。后面的人在喊："快点走！快点走！潮来了呀！"赶紧走上去，就看见东面的江水正在被高高的掀起来；南面的江水却好像受了点惊吓似的，颤颤地抖动着。我正想细细地观察，却来不及了。南面的江水已经不再颤抖，就在不经意的一瞬间跳跃起来，奔跑起来了，像是一个突然被激怒了的巨人，挥舞着臂，大声地呐喊着，命令着身后的千军万马，浩浩荡荡地奔涌向前；而且不顾海塘的阻拦，全力地扑进来。于是，银色的浪花飞溅着，映着正午灿烂的阳光，像是天公把一束束七彩的花献给这些一路冲刺的水军们。与此同时，当南面潮水没有扑向塘岸的片刻，东面的江水也已经掀涌成潮，发出很响的哗哗声，分成几段追赶过来，并且在一掀一涌之间变幻着：有的像是一艘军舰，正在乘风远航；有的像是一辆坦克，正在乘胜直追；有的又像是一头雄狮，正在乘兴腾跃；有的却像是一队骏马，正在乘势突进……也就在这时，南面的江潮因遇上坚守的塘岸而后退了，退到中流时，被东面的江潮撞个正着，潮头当即低下来，又低下来，一个个潮头似乎都掉进了江水里，于是水面上就有了无数个漩涡，看过去很像是一朵朵水晶花在开放，煞是好看。但是，这种好看的图案是很难用一种语言来形容的。几分钟过去了，南面的江潮重新活跃起来，只是温和了许多，并主动与东面潮联合。这时，一道透亮的活动屏障出现在江面上，高二三丈，很快地作逆向移动，越移越远，慢慢地就看不清了。

潮来了又去了，看的人却久久不想离去。当地朋友说，想再看一次也容易，夜半时分再来。这话不假，海宁江潮一天两次，昼夜间隔12小时，古往今来，从来没有改变过。当然，每次涨潮退潮里的猛烈与和顺、蹿高与压低、横冲与直落，又都是不一样的。那不变中的万变，那流动中的涌动，那造化中的幻化，是无穷无尽的。每一天都是新的，每一次江潮自然都是独特的，海宁江潮所独具的美，是永远写不完的。

海宁江潮的美是永恒的。它属于历史，也属于现代。

绿满南溪

南溪不是一条溪,是一个山谷和村子的名字。位于宁海县城西北,这里的温泉名气很大,水质名列全国温泉前茅,又因周边有三潭九瀑十八溪七十二峰,山奇水秀,风光独异,气候温和,空气清新,可以说是天底下最好的去处。

其实,南溪给人印象最深的,还是纯净碧蓝天空下漫天遍野的绿,那是一种清亮苍翠的绿,一种清爽鲜活的绿。绿生生,绿莹莹,怡人耳目,沁人心脾。

这绿,一是来自山崖山坡、谷畔谷底密密生长着各种树木。这里山势奇特,忽突兀,忽平缓,有时陡壁偎平岗,有时斜坡临深渊;山路七折八弯,盘旋而上。加以岗上碧潭连连,坡侧山泉串串,高大刺天的松树、杉树,树冠如云的樟树、柏树,以及错落地生长在崖岩上、泉涌旁的香橼林、柊树林和齐整地分布在山脚下、小路边的桂树、橘树,形成了郁郁葱葱、苍苍莽莽的树山林谷。这没有任何人工雕琢的铺天盖地的绿,沁人心脾而令人心灵震撼。

这绿,还来自峰峦叠嶂中掩藏着的万顷竹林。遇上好天气,天高气爽,缘竹而上,登上山巅,一目千里。便见一山一山的翠竹随风荡漾,无边无际,恰如浩瀚竹海中绿波起伏、绿浪翻滚、绿涛汹涌,似还能听到或远或近或细或粗的波推浪、浪拍崖的声响,令人顿时有一种在海船上颠簸的眩晕感。而过云雨也就常会在这时落下来,只是,未及把伞撑开来,雨已停了。顿时,迷茫竹海上绿色的雾气四面散开,清新的泥土香,清润的雨水香,清馨的竹叶香都伴着清冽的山雾香,扑面而来。再加上突然的阵雨攒起的水流正顺势穿山越石而下，潺潺汩汩，使一幅幅大自然的大手笔——晴空竹海图、雨后云雾图等，在绿色音韵的悠扬节拍中舒缓地、流畅地展示在人们的眼前，那天人合一、情在境中的完美的造化，那天地和谐、意在境外的绝妙的灵性，都使这没有任何人世纷扰的上天下地的绿，动人心弦而令人心醉神往。

  这绿，又来自大树下、密林中、山野上、沟坎里冒出来的各种野草，有的尖尖，刀剑似的，碰一下会扎你的手；有的长长，藤萝般的，满山满沟地爬着攀着，拢了这边，那边马上牵过来；有的高高，篱笆样的，一排一排地挡着、拦着，不许你任意地穿行；有的秀秀，盆景式的，或团或圈地长着绿色的阔叶，叶子摇来摆去，总想惹人注意、招人喜欢。这些野草，就这样一丛丛、一伙伙，把高高低低的地都变得绿茸茸、绿油油的，望不尽也望不透，在阳光下展示绿的明朗，在月色中显现绿的深邃，在微风中透露绿的活跃，在细雨中表达绿的亮丽。岁岁月月，野草与大树密林相伴，与山溪清泉相随，共同构建成这蓬勃的绿色大峡谷、这茂盛的绿色大自然。这没有任何人间污染的远天近地的绿，润人心田而令人铭心难忘。

采石为窟 凿石成景

伍山石窟在宁海县城东北,是浙江东南沿海唯一的海滨园林式洞窟,也是南北朝以来人工开采石板以后形成的自然与人文相融合的景观。1500多年来共凿出了30多个洞窟群,800多个形态各异、状况相殊的硐体。硐套硐,硐联硐,硐叠硐,硐硐连通,窟窟相接,形成了千姿百态的石廊、石壁,构成了宽宽窄窄的石道、石巷,造成了大小不一的石屋、石台,又生成了有深有浅的石塘、石潭。其间,曲里拐弯,黑咕隆咚,爬高下低,踩石过水的地方是常遇到的。危岩与危险、惊讶与惊喜、无常与无畏,也常常糅合一起,考察与考验着每一个来访者的智、勇、力。

走进伍山石窟,沿廊过桥、绕潭进屋,又在石窟外穿巷上道、越塘登台,走前走后,边看边感,最快也得小半天。石窟的丰富多彩和变化莫测,非亲历和体验,确很难用语言来形容。

石窟全是古代采石场遗址。千百年来,风和鸟兽却将山上山下各类植物的种子带进来,经四季的寒暖变迁、雨露的浸渍滋润,风洞口、陡壁上、桥墩旁、潭水边,到处都生长着有名无名的树藤和花草,有时突然看到在离天窗似的"井"字形洞口几十米深的小水池畔,竟有一丛丛青青的草簇拥着一朵朵黄黄的叫不出名字的小花,那小草小花似在轻轻地摇曳,不仅让人感到从古及今大自然生命力的旺盛和延续,更令人领略了千年万年中万物共同创造的神奇、神异和神妙,领会着人与自然共生共存的和美、优美和壮美。

石窟不仅显现了自然美,更是浙东人民创造的石文化的生动显示。千万年来留存的石遗迹、石洞天,不仅工艺奇异奇巧,而且处处展露着古代采石人辨石、识石的知识和运石、用石的智慧。至今可以清晰地看出,采石到一定高度时，就自然地留存着高大的石柱和宽厚的石梁。而且或凿顶以采光，或找缝以通风，或成坡以滚动，或筑级以搬运，既顺其自然，又匠心独运。因此，各个洞窟各有蹊跷：有的形如巨钟，缝隙光照如时针、分针移动，奇妙逼真；有的形如古代军旅幕帐，圆顶圆壁，但洞窟上下相叠，左右互通，曲折回环，音信皆通；也有的洞窟积水深深，莹绿如翡翠，晶亮如宝玉，十分引人；还有的洞壁渗水幻彩，色彩斑斓，天然壁画，绚美无比；有的洞窟穿岩透空，水从天上来，几十米高的洞窟瀑布，轰鸣回响，蔚为壮观；而有的洞窟中削壁横切，悬空楼阁，更是韵味无穷。更有多处石壁上发现蝌蚪文字迹，尚待破译。这诸多迹象足以表明伍山石窟自然状态的雄与险，文化内涵的深与幽，神奥美妙，博大精深，使它独具特色，魅力无穷。

从石窟走下来时，见一侧水流顺坡而下，一块块长方形的石头矗立水中，在长久的雨淋雷击中石面上有了无数细密的纹理和莫名的图案，似是无字碑群，记录着人的辛劳、史的久远。再回首向上看，只见青山逶迤，围窟成墙，泉水渗流，沿窟成溪。窟依山，山拥水，水绕窟，真正是别有洞天，别具一格。

百转千回前童街

在中国的东西南北，古镇有许多，但，建于宋末元初而又保存完好的，就只有云南丽江和浙江前童。前童列入浙江省历史文化保护区。

前童古镇即是前童村，位于宁海县城西南。前倚白溪，背靠梁黄山，居民大都姓童，家族繁衍虽历朝历代，却至今亲近亲切，问及童姓中人，当即有人引路有人告知。更有意思的是，整座村落里都是老街老屋。街面都用白溪特有的卵石铺就。而且用不同色泽的卵石铺设成不同图案，一直铺进沿街人家的天井里。图案各式各样，或寓意喜庆，或象征吉祥，在一个很大的院子里，卵石图案四边是四只蝴蝶，呈现着春景，表现着春意，古色古香中透现着古人生活中的生气与生趣。极美，也极古典。沿着这美而古典的卵石小径走进去，却越走越深，深得曲曲折折，弯去拐来转了好几个弯，却还像是走在开头的那个地方。只见家家门前有潺潺流水、连石板小桥；户户面对着光光的卵石小路，又通向深深的细巷窄道。一样的清溪宽石，一样的曲径通幽。一样的白墙黑瓦，一样的青藤绿苔。置身其间，犹如钻进了一座迷宫，走不到尽头，也寻不着出口。原来，童姓先祖按"回"字九宫八卦式布局全村宅院，街巷井渠布置有序、错落有致；白溪沿水渠入村，按"水八卦"挨户环流；数尺宽的巷陌伴随着几丈大的石板地，数丈高的封火墙围护着几进深的书院、宗祠，几乎都完整无损地存留着明、清年间的风貌；到处衍生着老街的悠长和悠远，到处弥漫着溪水的清新和清爽，陌生人自然弄不清方位，辨不明方向了。

但，前童的街又岂止曲折、幽深，更在于奇特、静谧。一是前童虽然也属马致远笔下"小桥流水人家"的江南古镇，却不是人们通常见到的巨石拱桥、河浜交叉、枕河而居，而是小溪细流，窄而湍急，长而清澈，旱不浅，涝不漫，可以说是无声有势，无祸有福。二是宋末、明、清江南民居的各式建筑集于一街，或走廊迂回、天井宽敞；或屋檐高翘、雕梁画栋；或厅堂书屋、楼阁合抱；其各自的妙处，却很难言说。三是一街两旁的居宅随地势而相殊相异，溪水环绕的一边，宅门开在石板小桥的一端，一门一家，开门即水，楼上的窗与楼下的门错开，窗下是水，生活格外惬意；另一边则多是四合院，或浅或深，或小或大，或矮或高，又各营造了一种人世的情境，诉说了一段历史的情状。正是由于此，前童就不同于那些沿河而建的江南古镇，也就少了河埠街市的繁华和喧闹，从至今留存的一座座宗祠和书院里，看到的是厚重的族谱、精辟的家训以及一代代传承下来的匾额、对联、祖像、古籍等。而庭院建筑又集砖雕、木雕、石雕于一体，那些被雕刻得活灵活现的一幅幅图像和一首首诗词，又无不反映了那种很难表达的深邃、深奥的文化韵味。这一切，都令现代人泅游历史、怀念传统。

西塘廊棚长又长

我童年、少年的许多时光是在江南小镇度过的。如今，在城市已看惯了高楼大厦，看多了新建的跨海、跨江大桥，再来这些古老小镇寻亲，心里不禁有一种亲情回归的依恋，还有一种人生回眸的感慨。

江南古镇，都藏着一段历史，也藏着一处又一处的风景。

我先去了西塘。西塘镇属浙江嘉善，地处杭嘉湖平原。从县城搭中巴20分钟就到了。一眼看到的居然仍是原先的风貌——纵横的河流，拱形的石桥，窄长的石板路，进深的弄堂，延伸的廊棚。置身其间，古风盎然，让人顿时有一种返璞归真、神清气爽的感觉。

久违了，西塘！

我乘坐一只古朴的木船，在熟悉而又陌生的河道中穿行。船头上吱吱呀呀的摇橹声，桥头上叽叽呱呱的喊话声，埠头上咚咚噔噔的脚步声，汇成了今日古镇的蓬勃兴盛。木船走得很慢，没有风，河水碧清透亮，水中倒映着船和船上的人。船不时地穿过一个个桥洞，眼前暗一阵、亮一阵，身上凉一会儿、热一会儿。只见临河而筑的民居青瓦白墙、栉比鳞次、屋随水转，路断桥连。不禁想起元代散曲家马致远的名句——小桥流水人家，却有一种很难言传的古典的美。这美的情境令人生发出无限的遐想：岁月似水一般日夜向前流，小桥是岁月的见证，它不能阻拦岁月的流逝，岁月也不能抹杀它的存在；只有那一家家、一代代人，无止地构建着美丽而丰富的岁月，又不断地创造着美妙而生动的历史。

但是，最令人难忘的莫过于沿河筑就的宽宽长长的廊棚——沿着宽宽长长的河岸，竖着一根根粗而圆的木柱，顺着一家家民宅高高的外墙，搭着一个个斜斜的屋顶。有屋顶却不是屋,就叫作棚;而屋顶下的空间却成了居宅与居宅屋外的通道,就成了廊;棚盖廊,廊有棚,就称为廊棚。江南古镇上多有廊棚,但西塘的不一样:一是绵长。西塘廊棚并不属于一家一户,而是将一家一户的廊子连成一起,绵延相接,据说有 1.3 公里长。二是美妙。构建廊棚用的是一色的木椽窑瓦,结实而美观;而且,不同的街段还艺术化地呈为拱形或波形,加上那檐下的回龙椽,那廊脚的木栏杆,那廊棚人家的花窗板门,更显得和谐而别致。坐在船里看上去,或是站在对岸望过去,极富美感的廊棚在弯弯曲曲的河岸上与河水一同蜿蜒,那形那景,就是一幅古韵无限的图画。三是公益。西塘廊棚,始自明清。那时小镇得水上交通之便,商业兴盛,镇上的店大都开在临河的街上,水乡人船来船往,有了廊棚,船就停靠在廊棚下的河埠头,或在岸上或在船里的买卖双方也就有了谈生意看货物的地场。何况,廊棚下炎夏可遮阳,雨天鞋不湿,顾客什么时候来都很方便。至于百姓人家,门前有了廊棚,就可以开了门在廊子里做事,老人可以在廊下谈天,孩子可以在廊下玩耍,廊棚也就成了大家的院子了。如今,沿河的廊檐下又设了些靠椅坐凳,这里又成了八方游客歇脚观景的地方。

宽宽长长的西塘廊棚,经历了千年的风风雨雨,阅尽了水乡的朝朝暮暮。它是西塘古镇的一道独特的风景。

练塘街巷静又静

练塘也是水乡古镇，但给人的感觉却与西塘不同。西塘以其美观、别致的长长廊棚，幽暗、进深的窄窄弄堂，充分体现出古代市镇的特征。练塘却似乎很平常，它拥有的涓涓小河、窄窄老街、悠悠古宅、细细长弄，其他古镇都有。它的与众不同只在于它的古朴、自然、清静与保存完好的古老民居。

练塘镇也已有上千年历史。民宅就分布在河的两侧，一条叫上塘街，一条叫下塘街，都是青石板铺就的老街——中间横铺着三尺来长、一尺余阔的条石板，两侧则将条石板竖过来铺，每一侧各铺两条，古老而寻常，但有一种对称的美。街随河行，街边就是河岸。两岸是整齐的条石驳岸，有人家就有石台阶走下去的河埠头。岸边老树成行，绿荫浓密，花坛吐芳，香溢河面，一切都似是自然天成。行人们匆匆走过，并不停留，也不曾多看一眼。游人们则从上塘街走到下塘街，踩着已被一代代人踩得平滑的青石板，石板泛着岁月的光泽，皮鞋的跟碰上去，敲打出咯噔咯噔的声音，传出去很远很远，还常常夹杂着回声。

这上塘街和下塘街隔岸相望，但居然也很有点不同。上塘街的房子几乎一色的两层木楼，除两宅之间的那壁墙是用砖砌、用石灰纸筋抹的，除屋顶是青黑色半筒形瓦片盖的，其他都是木头的：板门板壁、木窗棂、木楼梯。木楼房全都紧挨着，没有前院，临街花格长窗或是可拆拼的下板上窗，推门就进了堂屋。堂屋板壁后是楼梯，有一个小小的天井。再后面就是仓房、灶房了。看得出来，上塘街就是从前的商业街。房子都是前店后宅式商铺作坊格局。如今还留有几家米栈、酱园、竹木行、南货店、烟杂铺。街中段还有座三角形过街骑楼,楼下三面都开着店,从这些店面上方古老而讲究的匾额和店前河沿宽阔而齐整的埠头看,这里自古就是很热闹的货运和交易中心。从下塘街往这边看,还可更清楚地看到不少房宅二楼都有雕花栏杆的露台,是纳凉、观景、晾物的好地方。

下塘街则多为深宅小院,窄而进深。走进外墙门,内墙中部为双扇木门,旁侧有边门。第一进客厅,第二进书房,第三进起居室,再后面是仓房、灶房。每一进之间都有天井,楼上是卧室。平日里不开中门。边门里是一条内弄,连接前后几进房屋。庭院深深,古色古香,大抵是明清文人做官以后回故里建造的。这条街上还有建于清代的一座书院、一座哥特式天主教堂。修葺一新的陈云故居和青浦革命历史纪念馆也在附近。这些历史人文建筑,使下塘街多了一些文化气息。

练塘,不仅呈现着历史,还表现着意蕴深厚的古风古韵。

木渎园林深又深

苏州灵岩山下有个木渎镇。镇的名字有点怪。史书中说木渎之名始于吴越春秋时期，距今已有2500多年历史。因这里水陆交通都很便利，在古代已是关中名镇，且风景优美，闹中取静。至明清时，一些文人学士纷纷在此寻古探幽，建宅筑园，不仅留下无数清雅诗文、著名碑刻，而且古宅毗连、园林荟萃。据介绍，这座小镇明清时已有私家园林、寺庙园林等30多处。因而有"园林之镇"的美誉。相传清代康熙皇帝南巡时曾在这里舍舟登岸，现今仍有御唉头、御道等古迹。

古代私家园林大都建在临河的山塘街上。或面河而居，或枕河而卧，都是深宅大院，常常要延伸到后面的街巷或河滩。由于建筑考究，虽历经沧桑，当年风貌依然存在。沿街走来，见一所宅第门前照壁、水码头气宇不凡，说是清代榜眼、政论家冯桂芬故居，走进去才知是前宅后园，布局巧妙而精美。厅按屋进分为轿厅、前厅、花厅、内廷。廊为回廊，前后贯通，不但连接各厅房屋，而且通向后园各处，即使梅雨季节天天下雨，也无碍游园赏景。廊经过的每进屋边都有侧室，室内廊里，或为书斋画轩，或为茶屋绣房，又都精致雅静。卧室都在楼上。除轿厅无楼，各厅都有楼，按长幼男女分住。各种木刻、石刻、砖刻都玲珑细致，构成一道诗、书、画、雕刻的艺术长廊。后花园以池为中心，池上有拱桥，池中有水榭，池边有凉亭，假山高低错落，小溪石间流淌，如此景象，可谓真正的有声有色。

气派最大而又最为清幽的，是山塘街鹭飞桥东的一处名叫古松园的清末富商旧宅。花园中一株五百多岁的罗汉松，高十余米，至今华盖如云。进门厅，入天井，沿曲廊过大厅、楼厅，一间间房屋都给人以别有洞天之感；

更为别致的是，一路上一组组砖雕、木雕都描述着一个个历史人物故事，描绘着一幅幅吉祥如意图案，古老却生动，凝重而鲜活，令人追忆起逝去的历史，体悟到积淀的传统。每一天井的两边围墙上方又都用特别烧制的镂空彩釉瓷砖嵌成透风墙饰，花园中绿荫红花，都一一映入宅中，馨香馥郁，也时时扑送过来，清新而清爽，足见园宅布局的精巧与美妙。

但是，最具江南古建筑特色的，还是古松园里的爬山廊。素栏黛瓦，沿墙穿楼，依古松层层向上，曲曲折折，弯弯绕绕，有幽广深远的情致，具登高望远的情调。更何况，这爬山廊春夏秋冬四季相宜：艳春看风光明媚，避绵绵细雨；炎夏看百花怒放，躲烈烈酷日；金秋看落叶飘零，遮浓浓夜霜；严冬看大雪纷扬，挡湿湿寒气。人与自然相亲，又与自然相抗，这大概就是大家常说的相反相成吧。

不过，木渎镇上一处处古代私家园林的特色不是一时能写尽的。而木渎给人留下很深印象的，还在于老街上百姓"家园"的独特风格——那高挑的砖雕门楼、拱形的彩石门券、坚固的木雕围栏、亮爽的花格长窗，还有那飞檐、翘角、蠡窗、栅板，都精丽生动、美观实用。它们在南街上相互衔接、相互依傍，又与山塘的深宅相互呼应、相互映衬，构成了水镇木渎的古色古香、独特独异。我们则从中读到了历史，看到了丰富的文化遗产，感受到了古老的东方文明。

第七章

黄山 大湖 梯田

到黄山看松树

从安徽省省会合肥市出发,乘汽车南行,过肥西,绕巢湖,经铜陵,穿青阳,而后沿太平湖直抵黄山。大半天的路程,不很远,也不算近。我们住的地方在黄山的后山,面临一条深深的峡谷,谷底的溪水很小,却在大大小小的卵石中间奔流不息。当地的朋友说,今年黄山雨少,要不,在静寂的夜晚,溪水流淌时碰击山石的叮咚声,正是一曲动听的《黄山小夜曲》呢。

游览黄山的那天,天气晴朗,阳光灿烂,虽然已是秋冬之时,天气预报说是冷空气正在南下,那一天却是一点不冷。坐缆车上去,走了不多久,还没有走上始信峰,就浑身汗湿了。山上,晴空万里,不吹一丝风,没下一滴雨,未见一丝雾。走过沿崖沟壑,踏上临渊石壁,也都极少遇到山泉、水帘、瀑布。看来黄山有点旱。如此,从清早到傍晚,被古今诸多文人描绘过的黄山的茫茫云海、蒙蒙细雨、层层雾障,始终没有出现。

可是,有失也有得。眼前的一览无余,让黄山遮不得、藏不成,正好把它的真面目看个一清二楚。

近看远看,这里漫山遍野都是松树,高高低低,大大小小,或在峰巅高瞻远瞩,或在坡上左顾右盼,或在谷中举目仰望,但它们的枝桠全都向两旁伸展着,平平的,直直的,像是热情地要跟远道而来的客人握手,又像是激动万分地张开臂膀欢呼着,想要拥抱与它同在的自然万物。再细细看,看到许多松树是从岩石缝里长出来的,石缝窄而树干粗粗壮壮;远一些看,棵棵松树就长在山岩上。经历了年年月月,经受了风风雨雨,是怎样的一种情怀?怎样的一种情愫?是怎样的一种力与美的展示?我想,正由于此,黄山的松树才显示出一种独有而独特的壮美。黄山松才因此而闻名于四面八方。

再把目光放开去,看见近处的峭崖上还生长着几棵与众不同的松树。它们因为长相特殊、长法特异而有了特别的名字:黑虎松、龙爪松、双龙松。那棵龙爪松所在的山岩突兀而出,而松树的根须竟趴伏在光滑、坚硬的石块上。如果不是龙爪,怎么能抓得住又抓得定?又怎么能不被风吹干,不为雨沤毁?那棵双龙松,树干竟活像两条腾飞的龙,舞动着,跃跳着,直向蓝天白云间。站在树下,似乎听得见双龙飞天的动静,似乎感受到了树随龙飞的激情和活力。无论是龙爪松还是双龙松,都表现着一种勇气、一种力量;都象征着一种志气、一种志向。我想,也正由于此,黄山的松树更展现出一种独具而独异的奇美。黄山松更因此而传诵古今。

黄山的松,有志有情,令人心动。

在黄山观石景

刚刚立冬，正赞美着冬日里可爱的阳光，当天夜里就下了一场不小的雨。第二天早晨，天上仍飘着雨丝，让人体验到了山峰的尖、山路的滑。突然，在一刹那间，大家又看到云在山腰间飘飞，一座座山峰都似乎浮动在云海之中，竟开心得大喊大叫。极目望去，云海正在涨潮，似有波涛汹涌之势，远山已经淹没在云海之中，只见灰蒙蒙的一片。又过了一会儿，感到那远山已经与上天混合一体。风吹来，脚下的山好像真的在动，连忙握住近处的一棵小松树伸过来的"手"。

快中午时，雨停了，风呼唤着云，飞进了那边的山坳里，雾也慢慢地跟着去了。我们站在一处围着栏杆的悬崖上，隐隐约约地看到对面一座陡立的峰顶上，蹲着一只机灵的猴子，它把前爪举起，遮挡在眼睛上方，正聚精会神地观望着前方的茫茫云海。依稀间，似乎那猴子身上被淋湿的毛和脸上神情都已看见。只是那猴子久久不动。是它太专心了，还是它看到远方来的人们都在注视着它？待到云雾全散，才看清那猴子只是一块天然的山石。山石而能传神达情，不能不叹服大自然造化神奇与神妙。此石此景名叫"猴子观海"，真正是名副其实。

再顺着"猴子"观赏的这片云海看过去，看到在被雨水滋润得更显苍绿的远近山峰的背景上，竟竖立着一道峻拔的石壁。石壁拔地而起，像是天人用巨斧劈削而成。石壁之上青蔓黄藤攀附蜿蜒，红叶褐枝伸插盘曲。在人们远远地眺望、悠悠地遐思之中，这些青黄红褐的藤蔓枝叶竟即刻在脑海里化作传说中九龙腾跃的生动图像。原来，这是大自然在黄山造就的"九龙壁"，自然天成。即使北京北海的、大同云冈的，也总是因为人工斧凿而无法与之相比。此石此景,也绝非语言的描绘所能形容。

　　回过头从悬崖上走下来,在另一边,向由灰色变成浅蓝色的天空望去,奇景顿时又呈现在眼前:一块上宽下窄、底部是圆锥状的巨石像一个巨锥正在山顶上钻孔,只一个"锥尖"与山顶连着,有点斜,有点歪,却是定定地立着。不过,无论它是怎样地立得定,看到它的每一个人都为它捏一把汗,想着不知什么时候它会突然地坠落下来,想着告诉大家千万别从那座峰崖下走过。望着,望着,又真的想知道它是怎么立到这座山峰上的?又怎么会用这样的姿态立着?大概是不让人们在它的面前久久地迷惑吧。不知从什么时候起,它被称之为"飞来石",也就更多了点神秘的意味。其实,大自然是否正由此给人以启示呢:即使身处险境,镇定自若,坚定不移,也能化险为夷。

　　黄山的石,有意有趣,令人难忘。

画里乡村 百年宏村

今天要到黟县宏村去参观。黟县宏村位于新安江（钱塘江支流）上游，黄山南麓，仿佛一块系在新安江颈项上的佩玉。江水像慈母一般，昼夜不息地用她深长的爱，滋润着这块沃美的土地。传说它是保百姓进水（即进财）、有纹（即有文采）的风水圣地。果然，明清年间，这里外出做官和经商走运的人颇多。逐渐地，就在这依山傍水、风景秀丽的故里建造起一幢幢外观高雅、内构精巧的居宅。由于居宅的主人们世世代代同住一村，或是亲戚，或为邻友，彼此和睦相处，情意绵远，无形中，这些居宅虽都各有风格，却都相互呼应，并由此形成了一个别致而又一致的村落。正由于此，如今来这个地方的人太多了，有考古学、民俗学、人类文化学的学者，有作家、摄影家。听说每年寒暑假时，有许多少年朋友随父母或老师到这里来。

一条小河指引着通往宏村的路。从车窗里望过去，是一片黛黑色瓦顶、粉白色高墙的房屋。一式的翘角飞檐，一样的木门长窗，眼前顿时一亮，宏村到了。它作为皖南古村落之一，被列入世界遗产名录。

小河围绕着宏村，又在村落中间将其一分为二。进村的那座石桥是拱形的，桥面窄窄的，它把远近的车辆都挡在了河对岸的那条路上，还让进村的来人都急不得也急不了。在它的面前，大家都得文明礼让，鱼贯而行。

走下石桥，在前方沿河而筑的一幢高大、宽敞的房屋是建于明代的一所学堂。双扇木门，石头门槛，宽敞的天井四周有围廊，明亮的课堂上摆着先生的课桌和学生的几案，一切都井井有条。置身其中，似乎听到了昔日学子的琅琅读书声，也可见这个村落之所以兴盛的原因。

沿一条小街走进去，见一个水面平静的潭。潭是正圆形。村里的巷子和房屋都以此为中心辐射开去。大概是走近了的缘故，更觉一面面高墙的威风和墙顶翘角的气势，当地人说这叫封火墙，也是挡风壁。

又顺着小巷折过去，看到两旁的居宅全是高围墙高门槛，让人更感到巷子的窄和深。但是，住对面两家的木门位置都是错开的，家家都敞着门，家家都静悄悄。只有家家门口流淌着的渠水，让你知道这里人们的活泼的日子。渠道细而渠水清，门口处架着与路面平接的石板。这样的渠道布满全村，很是让人羡慕。

我们走进几处古宅参观。这些老屋建成至今都有百年以上的历史。阳光透过天井洒在厅堂和厢房的一扇扇工艺精致的落地花窗上，也洒在楼上镶着雕花木栏杆的长长的阳台上。

最显眼的是这一扇扇花窗上雕刻的图案。每一扇窗上刻的每一朵花、每一个人物、动物都各不相同，而且，往往一间房子里几扇窗子的雕刻，正好表现了某一个寓意吉祥的故事。

古宅大门的上方，又都嵌着与门同样宽的砖雕或石雕，精细精巧，美轮美奂。

真的，这里的桥和屋、巷和渠，檐式和雕刻，其实都是民族文化的积淀和悠久历史的体现。

太平湖初冬印象

夜里一场初冬雨，淋透了黄山的座座峰峦。那两山对峙、双峰相夹的窄窄长长的太平湖，湖面似乎一下又宽了许多、大了许多，水波浩渺，水汽蒙蒙，水势更加浩荡。

清晨从黄山启程，车抵太平湖畔时，雨还在下，空气中透着清新和甜意，风吹在身上，冷飕飕的，有了冬天的感觉。不一会儿，雨歇了，沿湖畔的栏杆逆流走上去，湖岸有点弯曲却平坦，可以慢悠悠地散步。隔湖远望对岸高耸的山峰，见云雾渐起，云雾深处忽隐忽现地时时倒挂出一道道山泉，山泉忽粗忽细地闪烁着银色的光泽，就像大自然舞台的绿绒幕布上缀接的一幅幅白练，让人觉得幕布在飘动，大概很快就要拉开了。有趣的是，这白练似的山泉泻入湖中，搅出银铃般的清脆声来，又恰如大幕拉开前的铃响。

这时，被初冬密雨淋透的峭壁也不甘寂寞，刀切般的悬崖上，四处渗露，上下滴水。一滴滴清亮的水珠，顺着悬崖壁滴向树叶，滴向山菊、滴向小草。阵阵风吹，无数水滴飞旋洒落，湖面上泛起层层涟漪，间或漂浮着几片落叶。随着云消雾散，清澈的湖水中山在晃、树在摇、石在飘、壁在移，静中有动，动中有静，这静和动在峰高林密、湖光水色之中，竟是这样的和谐，这样的统一。

太平湖其实不仅仅是一个湖。它流进了一个小山坳，成了潭；它流到了一座陡崖边，成了瀑；它流在了一堆大大小小的卵石中，成了溪。它是那么单纯，却又那么丰富；那么宁静，却又那么活跃；那么随和，却又那么张扬。

就在一个湖岸的转弯处，黄山的山脚伸过来，挡着围着变出来一个不大不小的潭。潭水澄明，伸进手去，寒意逼人，倒是能真切地照出人与山的真面目。在旅途中到这里来洗尘去热最相宜。

绕过这个不知道名称的潭，就见好几处小瀑布。瀑落乱石，水花起伏跌宕。不远处，两座不大的山峰遇在一起，水花飞溅到这里，顷刻间就出现了一条另类的溪流。也许是山水都想显现自我，细细的几行山泉竟联合一道，自高处奔流而下，在姿态各异的卵石上跳跃而过，虽然没有大的气势，却也是活泼泼的有一种生命的活力，让人在无意中受到感动和感染。

在曲径通幽的湖岸穿行良久，突然见山峰下一瀑飞泻，当地人说，这是青弋江的源头水。走到山洞边掬水而饮，顿觉神清气爽，别有一番原生态的气息，是真正的纯净和纯洁。

奇峰异石张家界

总听人说张家界的风景怎么怎么好，也从电视屏幕上看到张家界的风光多么多么美。百闻不如一见。身临其境，才能心领神会。

来这里时天气不热不冷。雨天刚过去，空气湿润而清新，许多树木依然绿得可爱，灌木丛更是一片苍翠，向人们展示着大自然的蓬勃生气和盎然生机，也为人们驱散了旅途的疲惫和困倦。

在与顶住天的奇峰异石、悬崖陡壁相遇的瞬间，有一种难以形容的惊叹的感觉。高耸入云的石峰夹峙间，一望无际的大小树林抢路挡道，密匝匝挤在一起，像是一片起起伏伏、没有尽头的野草地。由各种层纹、各样姿态的巨石形成的狮吼虎跃、鹿奔豹跳的天然石雕，就在我们眼前，一副狂野霸道的样子，不乏气势。

依陡壁而行，不多远，就见树林里流出来一条清亮的小溪。溪水时深时浅，溪面忽阔忽窄。渴时掬一口喝，甜丝丝的；累时洒一下脸，凉飕飕的。它伴我们一路，不知不觉间竟走了十五里路。那路，其实是一条山野长廊，却让我们阅尽奇石丽水，看遍崇山峻岭。山和石在这长廊的曲曲折折、弯弯绕绕中变幻着，依稀中见到了神话中的仙女、童话中的快乐王子，也见到了现实中的鲁迅。那模样，那神情，都十分逼真。风起时，溪水的潺潺声应和着树叶的哗哗声，又像是他们在高处远处的说话声，虽然听不清楚，却也是时响时暗，很是真切。想不到大自然竟是如此善解人意！它不仅让人在冷清的宁静中感觉生活的恬淡，也让人在热情的交流中感悟生活的炽烈。

中午时下几滴雨，雨滴打到树叶上，沙沙啦啦；雨丝挂到溪水里，涟涟粼粼，似乎更有一种诗情画意。登上天子山时，雨已经停了，却是云烟弥漫，雾色朦胧。只见一块块尖的、圆的峰石，一株株横生竖长的树木，全都浮在云端，嵌在天空。是天上人间，还是人间仙境？也是描绘不出。只是觉得，茫茫天地间，人实在是太渺小了。可是，人能够上天入地，又真正是太伟大了。渺小，是因为孤独；伟大，来源于创造。

山巅之最，在高、在险，我们站着的那块山石，高耸突兀，恰似一张独腿圆桌的桌面。但，无论大家站到山石的哪一边，它都纹丝不动。只是岌岌危危使人不敢多站一会儿，更不敢从栏杆上伸出头去多瞧一眼。大家只是想象着这块巨石怎样地从天上劈下来，又忽地凝定在这根拔地而起的石柱上，显示着一种神奇的力的冲突与和谐，展示着一种巧妙的对立与统一。

雾，慢慢变薄，轻纱一般，把远处千姿百态的座座石峰、面面崖壁的丰富层次，把近处峰顶上千奇百怪的块块巨石、苍苍大树的独特神韵，都衬托出来了。连那些从石缝里钻出来、歪着扭着却也在长着的叫不出名字的树，也都映现得很清楚。由于石与树互相遮挡，树与树相互盘错，同一株树上的叶子竟有绿、黄、红三种颜色。我恍然大悟，这永远昂首向天的峰群，不仅有高低，而且都各具色彩，有那么多精致的微妙和深邃的奥妙。峰的高低是由于石的累积，峰的形形色色又正是自然界万物的相互影响、相互映衬。我再回过头来，俯瞰那石峰间的薄雾，飘飘然，悠悠然，顿时觉得峰在飘动，石在飘荡，树在飘舞，人，似乎也在飘移。

下山时雾已散尽，夕阳西斜却在映照着石峰。峰顶霎时间燃烧起来，红得透亮，像是一个个红光满面的巨人在欢迎我们，那火焰般的激情感染了每一个人，大家都久久地望着那山、那石、那树，沉思，深思……

是啊，大自然把美给予人们。人们呢？

鬼斧神工宝峰湖

都说湖南张家界地貌神奇，石岩层层积成山，石峰尖尖顶着天。其实，不仅神奇，还很神妙。那矗立的石峰间，还藏着一个弯绕幽深的大湖呢。

这湖的名字叫宝峰湖。

宝峰湖整体长而弯，贴着峰壁伸长着，又弯转来，宛如一条绿色的飘带缠绕在奇峰陡壁之间，既可仰望石山高耸云端、雄奇俊逸，又可俯视湖水轻抚岩礁、温柔沉静。泛舟湖上，栩栩欲活的母子峰，细瀑飞溅的幼子瀑，景致绝妙而又寄情其中。小船在这美景如画的湖面上一路绕进去，随着湖面的开阔，两岸的石壁立即矮了许多，直直的，倒像是专门为这个湖建造的围墙呢。"围墙"上爬满了野藤杂蔓，又遍布着青藓绿苔，交织而成各种美丽的图景，犹如一幅幅时尚的装饰布幔从天上挂下来，雅致而又别致。更有意思的是，"围墙"上端是一排天然的动物石雕，北方沙漠里的骆驼，南边森林里的大象，东北的老虎，西南的犀牛，都活灵活现，逼真得跟人工刀刻石凿一般，令人不得不感叹大自然的鬼斧神工。忽然，船驶进了一条狭窄的水巷，两面峰崖向湖面处斜过来，蓝色的天空被挤压成小小的一方。抬头一看，已置身在岩峦石障的包围之中，人已成了井底之蛙。大家正在惊叹，又见右上方一石耸立，俨然神仙下凡，临水而立，指点迷津。船从它身边擦过，水汽氤氲中，竟豁然开朗，又到了一处水平似镜、水大如江的湖面上。两岸怪石嶙峋，森林密布，苍苍翠翠，郁郁葱葱，望不到尽头。顺着湖面渐渐望开去，见湖中倒映着山、石、树，在粼粼波光中，山在晃，石在动，树在摇，似乎万物都有了生命和生气。又见湖流进了山岭里，流淌在石岩间，流逝在树丛中；因为湖水的浸渗和滋润，山更显出雄伟，石更显出光泽，树更显出苍劲,好像大自然都有了灵性和灵气。一切都活了起来,都争着在人们面前展现自己美好的个性,展示自己美妙的情感。

宝峰湖水色的变幻也很出奇。刚上船时,船泊在一个山坳里,整个湖被耸峙的山夹着,阳光被山遮住了,风儿被山挡着了,树影被山吞没了。它的脸上黯然无光,一直阴沉着。水就呈现着很深很深的绿色,几近于黑,湖底的一切都看不见。待到船划出了这个山湾子,才见湖与山、与石同行,太阳直射下来,一路与它相伴。这时,它的脸上才有了光彩,两边的笑窝也现了出来。湖面上亮亮闪闪,碧绿碧绿的,水声与桨声应和着,它在跟人们说话呢。于是,山上树丛里的小鸟也高兴起来,鸣唱着,水边栖息着的水鸟也飞起来,为鸟的歌伴舞。这时的湖,兴奋得满脸红光,它拥抱着蓝天,还忙着为太阳和水鸟合影留念。这样,湖水就变成蓝色,蓝得很纯,湛蓝湛蓝的,让人感受到它的纯洁和纯净,感受到它与天、与鸟、与人的友情的美妙与美好。

当船划进那狭长水道的时候,太阳看不见了,但它的光辉仍然留在湖面上,当然不是很明亮,暗了一点,淡了一些,湖水就呈现出它固有的绿色——湖绿,像是展开着的绸缎,软软的,柔柔的。只是那绿色的天然和自然,恐怕任何高超的染印技艺也是染不出来的。这又让人感触到它的纯真和淳朴,感触到它与日光、与地貌、与时间的关系的和谐与和美。

但是,当湖的空间从狭窄而广阔,从窄长而阔大,才真正看到了经过湖面反射和折射后的大自然的丰富多彩:太阳落进了无边无际的树丛,给每一棵树镶上了一道光芒四射的金边,将每一朵云变幻成一抹绚烂无比的彩霞,使每一块石焕发着一片奇丽夺目的光华,让每一座峰凸现出一种天性迥异的色调。那是怎样的浓淡深浅的交融,又是怎样的亮暗明晦的交错,确是任何高明的画家都难以画出来的。这更让人感悟到它的纯然和纯美,感悟到它作为大自然一部分的美妙与奥妙。

壮观的龙脊梯田

没有去广西时，总是念叨着"桂林山水甲天下"这句话。去了以后，那里的朋友却说"龙脊梯田甲天下"，还说那是中华农业文化、东方古老文明的至妙体现。他们还说，看过龙脊梯田，才能理解"劳动创造世界"这句至理名言。

于是，去了龙脊梯田。

这块被称为龙脊的土地，位于广西龙胜各族自治县和平乡平安村和龙脊村区域内。地处半山腰，几个村寨散落在山谷之间，耕地稀少，土地贫瘠。人们要生存，只能向大山要粮。因而，从元代开始，当地各族村人便不停地用勤劳的双手挖山造田，日积月累，到了明末清初，便有了绵延几个山头、盘旋如入云天、气势雄伟壮观的这大片大片的梯田。它不仅养育了生在这里的一代代人，还因其造型独特、景象奇丽，而被誉为"世界一绝"。

龙脊梯田，海拔最高的八百八十米，最低的三百八十米，占地面积四平方公里。梯田大块的不过几分地，小块的只能播几行禾苗。由于受水和天气等自然条件的制约，每年都是在芒种之前耕种。我们去的时候，梯田刚好积水备耕。站在山上，自上而下看过去，从近到远看开去，一山山梯田都蓄满了水，阳光洒在水面，就像一面面大小不一、形状各异的镜子镶嵌在大山上，反射得漫山的熠熠光亮。而沿着河谷的两面山坡，又如两壁一望无际的水晶宝山，夹着撑起了像蓝宝石一样透亮的一块蓝天。

梯田一层层、一级级，从山脚排到山顶，从这座山伸展到那座山，少的十几级、几十级，多的上百级、几百级，都前后走向有序，高低错落有致。不过，无论你怎样地近看远看，又如何地横看竖看，要想数清梯田的级数是不可能的。由于山势走向不同，山坡陡缓形态不一，梯田常常是一片连一片，一直连到天边。又由于梯田都是水田，水汽蒸腾上来，常有云雾遮在眼前。一阵雨过，梯田还会被白茫茫的云海淹没。

当地人告诉我们，龙脊梯田四季都有不同景色。春时，梯田水光粼粼，犹如步入玻璃城堡；夏日，田里禾苗葱葱，好比海上绿浪汹涌；秋天，庄稼已经收割，叠砌得就似金色宝塔一座座；冬季，天地平整歇息，弯弯曲曲的田埂清晰得就像是画家一笔一笔画出来的。龙脊梯田，以其四季景色的变、土地面积的阔、级数层次的多、田埂线条的奇，在国内外所有梯田中独具一格。它，是这里各族人的心与力的结晶。

我们正看着、说着、问着，突然几个身穿运动装的男孩跑到我们身边。问他们从哪里来，他们用手指了一指，顺方向望去，看见绿树里隐隐藏着一个村子。顺田埂走过去，才看清这个村就坐落在悬崖边的一个缓坡上。许多房屋就依仗着天然生长的树木，顺山势搭建。厚厚的茅草屋子顶是圆形，四面墙上都有窗户，既通风爽气，屋里的人又能看清八方的梯田。令人不得不佩服村人的聪慧。整座村子只二三十户人家。由于房屋随山而建，就东一簇、西一簇的，街巷也就忽上忽下，但石铺的巷子整整齐齐、干干净净，一条条石巷通向一片片梯田，通往一条条田埂，使一个个围护在梯田里、洒落在丛林间的山寨，由此连接在一起。各族人虽然居住在不同的村寨，但，走的是同一条田埂，耕的是同一片梯田；小孩子也在同一所学校里读书、玩耍、长大。

龙脊梯田，因这一个个各族人的村寨而显现出蓬勃的生机；村寨，因这大片大片的梯田而充满了活跃的生气。龙脊梯田，是这里各族一代代人的一种创造，是这里人的情感所系、精神所在。

第八章

故里 老宅 文化

去绍兴瞻仰鲁迅故居

绍兴，依河而筑，依水而生。城内城外河流如织，湖泊似镜；古桥千姿百态，堤岸即是街道。据有关记载：如果把这里的众多河流连接起来，总长度达2000公里，清代以前的古桥则有604座。可见，这是一座典型的江南水城。

作为江南水乡的历史名城，绍兴的名气不小。但，绍兴的名气绝不只是在于它拥有了一脉流淌的古运河和一泓荡漾的环城河，拥有了别具情致的乌篷船和泥鳅龙路，也不在于有八字桥、迎仙桥、泾口桥、折边桥等各式各样的石拱桥，更是因为在它的小街细弄里遍布着不同年代的名人居宅——鲁迅故居、周恩来祖居、蔡元培故居、王羲之古宅、徐锡麟故居、秋瑾故居，以及青藤画派的源地青藤画屋，书法圣地兰亭，"乡音未改鬓毛衰"的唐代诗人贺秘监（贺知章）祠、爱情名园沈园等包容着深厚的文化底蕴和历史精神的人文景观。

绍兴，一城清亮生动的湖光水色，全城黑白分明的黛瓦粉墙，满城浓酽芬芳的书香文气。这是它的独特，也正是它的魅力所在。

鲁迅故居在绍兴城内的东昌坊口。这座大户人家的进深宅屋建于清朝嘉庆年间。1881年9月25日，一代文豪鲁迅就诞生在这里，又在这里度过了他的童年和少年时代。正由于此，这里的街区，如今已成为展示鲁迅文化、品味鲁迅精神、解读鲁迅作品的不可替代的地方。这里，除了众所周知的鲁迅祖居、三味书屋、百草园，曾出现在鲁迅作品中的咸亨酒店、塔子桥、恒济当铺、土谷祠、静修庵，都可以寻到旧时的踪迹。而且，还可以走进三味书屋主人寿镜吾故居，去想象一下这位当时绍兴城内最严厉的老师的教学情境；去体会一下鲁迅12岁时在此以《尔雅》中的"比目鱼"对出老师写的"独角兽"的应对场景。据说，当时在这里上学的孩子们纷纷以"一头蛇""八脚虫""九头鸟"等来作对，却只有鲁迅答得好。因为，"独"字虽有"单"的意味，却不是数词；而"比"有"双"的意思，也不是数词。鲁迅的回答正是两相对合，非常准确，那是因为书读得多，又读得用心的缘故。鲁迅12—17岁都在这里读书，如今这里的摆设仍是当年的样子：正中为塾师桌椅，两侧为客席，窗前壁下为学生座位。鲁迅座位在左上角，书桌是原物，桌上有鲁迅自己刻下的一个"早"字。

及至进到百草园，鲁迅笔下的碧绿的菜畦、光滑的石井栏、高大的皂荚树、紫红的桑葚……即刻就在眼前。这里曾是少年鲁迅的天堂，可以想见少年鲁迅和小伙伴在这里捉蟋蟀、采桑葚、摘覆盆子、雪地捕鸟的场景，面对往昔，不知今日少年的心头有怎样的感触和感想。

绕前绕后，从周家新台门绕到了朱家台门，这是绍兴古城保存最完整的典型花园式台门。窄窄的青石板路，黑白相间的檐墙，竹丝台门、花格木窗的建筑，让人更完整地了解鲁迅笔下的绍俗祝福、越乡婚典、家门社戏、迎神赛会等浙东的旧时风情。

在鲁迅故居门前那条小河的河埠头，坐进了两头尖翘、船舱用竹片编的半圆篷覆盖的乌篷船，河水随历史前行缓缓流淌，小船伴岁月流逝轻轻摇晃，潜移默化中，鲁迅精神也就缓缓地流进一代代人的心灵里，轻轻地摇进年轻人的梦想中。

到凤凰走进沈从文故居

我是读沈从文的作品知道湘西、知道凤凰的。多少年来,总想去看一看湘西的深邃和奇丽,看一看沱江的清澈和曲折,看一看凤凰的古朴和典雅。尤其想去看一看这位把故乡描写得像一首动人歌谣的沈从文先生的故居。

那年初秋,终于来到了湘西,来到了凤凰。在我原先的印象里,不宽不窄的沱江始终环绕着凤凰县城。可是,今日凤凰,城区扩大,沱江不再环城,而是穿越而过了。但它依然是一江清流一江清爽。上得船后,岸上的溽热顿时消去,江风使人通体清凉,有一种飘飘欲仙的快意。只见两岸沿石壁修建的吊脚楼,千脚虫般的吊脚落入江中,伸进水里;那一江清水正将凤凰古城映照得如梦如幻,宁静中似乎有一点神秘。

就在这样的情境中,上了江堤,走进古城。走在古城的小巷子里,走在用青或红、硕大厚重的方块石板拼接铺设的一条条幽深古老的巷子里,感受着块块石板上不知多少代人的脚掌与鞋履踩踏出来的深深印痕,顿时有一种历史的沧桑感。想象中,沈从文故居应该是在一条长长的石板巷子里的深宅大院。经一番寻觅之后才到达的,却是一个普通小院,是在一条粗纹红砂石铺就的小巷转弯处。

沈从文故居不是深宅大院,而是封火山墙式的四合院。小小的院子,南方称之为天井。有门房、左右厢房、正房。房屋都不大,没有雕梁画栋,却简朴别致。细长的灰瓦,镂空的木窗,都显得精巧精致、古色古香。而且,房屋的后墙代替了院墙,是传统的极节约的建筑形式,也很值得欣赏。

正房的正中,悬挂着沈从文先生晚年的头像照。照片上的沈老,和颜悦色,满脸慈祥,那饱经沧桑之后的微笑,是对世事的宽容和对苦难生活的理解。正房和厢房里，还陈列着他的生活照片和著作，不多，也不全，这使我想起改革开放初期编辑出版《沈从文文集》时，许多散落的文稿一直难以搜集。不过，当地政府如今对沈从文故居是保护得很好的。这里的每一间屋子都窗明几净，一尘不染，何况，陈列的实物和著作，虽然不全，却也令每一位来访者对沈从文的一生有了一个认识：他其实是以一种执著的方式去爱多难的国家和他的故里；他是以自然的人性美来编织着朴实而单纯的理想；他是想用自己的声音来唤醒百病缠身的民族。

从沈从文故居出来，来到沱江边上的沈从文墓碑。这墓碑正是大自然中的一块岩石，岩石周边是苍翠葱郁的树木和青青的草。石边埋着先生的一半骨灰，另一半由他的亲属乘小木船撒在了江里。县文化馆有一部录像片，记录了凤凰民众迎接沈从文先生骨灰由北京送回故乡的情景。青山，碧水，乡亲，场面极其真挚、素朴，也就更为感人。

当我们沿着弯曲的小路下到沱江边时，天已黑下来，江两岸建筑的飞檐翘角伸进迷蒙的夜色里，江水将整个凤凰古城映衬得宁静和温馨。没有月色的星空变得幽深和遥远。我不禁想起了先生写的《边城》，想起了那个动人的故事……

在乌镇拜谒茅盾故居

去年初秋，又到江南，与小时候的同伴一起去乌镇拜谒茅盾先生故居。

到浙江乌镇的这天，天下着雨。乌镇青瓦白墙的古老民宅，木柱楼顶的遮雨廊街，石杆玉栏的拱形小桥，窄长延伸的带状小巷，全都笼罩在长长雨丝编织成的帘幕里。老天爷铁青着脸，那条条雨丝其实是它的串串泪珠哩。当地人说，茅盾先生逝世的忌日刚刚过去不久，老天爷也是有情的，大概心里的悲伤也不由自己，正向着前来拜访的人们倾诉衷情呢！我的心情不由得沉重起来，想到茅盾先生就在眼前这栋房子里出生，直到他进入北大，毕业后进商务印书馆，成为中国共产党最早的党员之一，他的人生经历正概括了二十世纪中国社会变动、变革、变化的历史进程。而特别值得提到的是，这样一位曾经写出长篇《子夜》、短篇《春蚕》《秋收》《林家铺子》等在文学史上产生了深远影响的作品的文坛巨人，他的文学事业却始终与少年朋友们联系在一起。他曾与孙毓修一起编辑《童话》《少年丛书》，翻译过许多外国童话，如捷克民间童话《十二个月》、密柴斯的《皇帝的新衣》、安徒生的《雪球花》等。二十世纪三十年代，他还创作了儿童小说《大鼻子的故事》《少年印刷工》《儿子开会去了》。他真正地希望好的文学作品能为少年们喜欢，自己也认真地为少年写作。在茅盾童年的居室里，最显眼的，也就是大书橱、大书桌和桌子上放着他在小小年纪时用过的文房四宝。

走出茅盾故居，再走过几个门面，在石板路的另一边，有一爿两开间的铺面，上面挂着"林家铺子"的横匾，据说当年这个铺子正是茅盾同名小说中所写的原型。

沿着这条石板路再一直走过去，走过一座小桥，就可看到镇上的古戏台，那是用石头砌成的。戏台前是一个不大的场院，放着一些石墩，大概是供远道而来看戏的人坐的。可以想得到当年小镇市井的繁荣和越地戏曲的繁盛，想得到茅盾小时候在家里所受到的世代书香的熏染和在镇上所受到的江南文化的熏陶。

乌镇不大，但石板路弯曲、细长，转过来绕进去，令人觉得街巷很深，街面不小；感受到小巷深处的幽静宁远，以及市面开阔的喧嚣热闹；并因此感悟到光阴的流逝、历史的变迁、人世的沧桑、社会的前进。

走出乌镇时，见小街尽头是一爿中药店。深深的店堂，高高的柜台，密密的药屉，小小的药勺和药锤，都显示着传统的悠远和文化的悠久，令人感触到古老与时尚、传统与现代之间的契合与发展。也许，那停靠在中药店门前河边的乌篷船，就是这种契合与发展的见证者。

告别乌镇，车拐进桐乡时，见一条正在拓宽的马路边上竖立着崭新的路牌，上面写着"茅盾路"。望过去，见路那头白色楼群的大门上方镌刻着四个大字"茅盾中学"。显然，这里的人以茅盾的名字而骄傲。

想起乌镇，最令我缅怀的亲切而又具体的一个名字就是：茅盾。

到石门湾寻访丰子恺故居

从乌镇回来的第二天,就去了石门湾,专程去寻访著名散文家、画家丰子恺的故居。江南的秋天,真正是秋高气爽!虽然乘车而行,但毕竟又看到了跟几十年前我小时候看到过的同样耀眼的大片乳白色的菊花地,又同样有绿色的田埂镶边。倒是不见了与这乳白相间相伴的大片赤褐色的番瓜地。那时候,番瓜可以替代一部分粮食,是家家都种的。现在用不着种很多,种一点尝尝新,换换口味就行了。

这里的公路真正是四通八达,新建的,或翻造的,都平平展展,坦坦荡荡。新建公路的两旁,大都是一行行挺直的水杉树,已经高大成林。据说那是从冰河时期在地球上几乎断了种的一种树,二十世纪五六十年代,忽然在贵州一带被发现,于是大量移植到江南。如今在江南各地,即使已经是秋天,仍会到处看见一排排树叶如轻纱一般透明的、枝桠婆娑、重叠相依的水杉行列,镶在纵横交错的河流公路边。这种自然的美、素朴的美,用话语是形容不出的。

车到石门湾,见青瓦白墙的丰子恺故居被包围在和中国任何城镇毫无两样的一排排红瓦钢窗的两层或三层的楼房中。一切似乎都在向现代化奔,然而,江南水乡的自然风貌、人文特点却逐渐消失。这是人的认识的失误,还是人的思想的偏颇?但却是我们国家在前进中的遗憾。

眼前的丰子恺故居,是1933年春天丰子恺用积攒起来的稿费,在石门湾梅纱弄里自家老屋的后面建造的一幢三开间的楼房。楼下的书房就是尽人皆知的"缘缘堂"。丰子恺不仅几次撰文描述"缘缘堂",还将自己的文章一再以"缘缘堂"的名义结集出版,如《缘缘堂随笔》《缘缘堂再笔》《缘缘堂新笔》《缘缘堂续笔》。

据说，最初的缘缘堂是丰子恺在上海立达学院教书时的一间屋子。1927年初秋，丰子恺的老师李叔同来上海，住在他家里，他就要求老师为他的居室起名。李叔同让他在小方纸上写上许多喜欢而又能互相搭配的文字，团成许多小纸球，撒在释迦牟尼画像前的供桌上抓阄。结果丰子恺两次都抓到了"缘"字，于是就取名"缘缘堂"。当即请李叔同写成一幅横额，装裱后挂在居室里。此后，丰子恺曾迁居嘉兴，又迁回上海，"缘缘堂"的匾额却一直挂着。但一直等到石门湾的楼房造好后，才有了真正的"缘缘堂"书屋。因为李叔同写的匾额太小，才又请马一浮先生重新题写。

显然，丰子恺一生中，"缘缘堂"不仅是他的现实家园，更是他的精神家园，是他心灵的归属之处。他还在"缘缘堂"天井里挂着"欣及旧栖"的题匾，正是他和"缘缘堂"物我相得的最恰当的表达。

最为感人的是，丰子恺始终热爱孩子，并为孩子创作，散文如《华瞻的日记》《穷孩子的跷跷板》，童话如《明心国》《大人国》《伍圆的话》，读写得既让孩子爱看，又能写出当时现实生活的状况，让孩子认识社会，认识世界。他画的儿童漫画"宝宝两只脚，凳子四只脚""蒲扇当车骑"等，都有趣极了。新建的丰子恺漫画馆，就在丰子恺故居的一旁，那里有一角是专门陈列儿童漫画的。我看见有许多戴红领巾的少先队员来参观，他们常常笑出声来。可见，诞生于一个世纪前的丰子恺先生与今天的孩子也是心灵相通的。

从石门湾回桐乡的路上，我看到路边有一所"丰子恺漫画学校"，望见校园里三三两两的孩子正在练习画素描。回到住所，见茶几上放着一本《缘缘堂漫画》，那是桐乡市文联办的一本刊物，上面登着孩子们的漫画习作。在这个漫画家的故乡，小小漫画家正在成长。也许，这是故乡人对这位漫画大师的最好的纪念吧。

追忆陈伯吹先生

与陈伯吹先生见面,是在二十世纪八十年代初。那一年,文化部在石家庄召开全国首次儿童文学理论座谈会。参会人中,先生最年长,大家都亲切地叫他"陈伯老"。正巧,我与先生在一个组,十多天里几乎天天都在一起讨论儿童文学。一天下午谈创作,他说他当过几年小学教师,为儿童师,为儿童友,然后为儿童写。又说,为儿童写作,就应用儿童的眼睛去看,以儿童的耳朵去听,凭儿童的心灵去体会,才可能写出儿童看得懂而又喜欢看的作品来,才是真正的儿童文学。当时,大家正为儿童文学的特殊性争论不休,陈伯老三言两语很形象、很浅近、很轻松地表达了自己的见解。他说话总是那么谦和、平易,而且无论几点钟开会,他从不迟到早退。年轻人会下去拜访他,每每谈到深夜,可第二天他仍是早早起床,跟年轻人一样有精神。

之后,只要是开全国性的儿童文学学术会议,先生总是来的。我们也就常常能见面。会上用普通话谈学问,会下用上海话聊家常。他听我谈少数民族儿童文学研究的状况,总是特别关注、特别感兴趣。也常常会问到一些事,或是提醒我注意一些问题。一些少数民族作家的名字他记不住,就让我写在他的笔记本上。

一九九五年末,我到上海去参加第三届亚洲儿童文学大会,又见到陈伯老。他已近九十高龄,却是鹤发童颜,依然是那样有精神,依然是那样平和的神态,依然是按时到会,而且,走路不要人扶,上车不要人搀。我们一起座谈,又同桌同餐,他又细细地问及内蒙古儿童文学的近况,问呼和浩特天气是不是很冷了。当他得知我会后还要在上海住几天,就对我说:"天南地北,见一次面也不容易,你顺路时就到我家里来'白相'。"说着,就把写着他家地址及附近公交车站的一张小字条给了我。两天后，我就去了。

陈伯老住在一幢法国式的旧洋楼里。这样的小洋楼早先是一家住的。二、三层是卧室，底层是客厅、餐厅和厨房。当时，二、三层分别住着市里的两位局级干部，陈伯老住在底层。客厅用书架隔开，连着阳台的那一边满满地放着书，书架顶上、凳子上、地上都堆放着报纸和杂志。有门通向院子的这一边放着沙发和茶几，陈伯老就在这儿会客。原先的餐厅套在客厅里面，就是陈伯老夫妇的居室。陈设十分简单，除一张双人床、一张单人床、一个衣橱，只有一张八仙桌和四把椅子。那天，陈伯老拿出两本书赠我，签名时就坐在这八仙桌前。我进屋去时，见卧室北头的门通向厨房，陈伯老夫人戴着围裙在厨房里洗墩布。我随口问："陈伯老，您没有用保姆吗？"陈伯老说："现在用保姆，很贵的。况且，也没有保姆住的地方。"又说："我们生活很简单的，这样也蛮好。"他于是让我到院子里去看他种的石榴树以及盛开着的黄的白的菊花。回到屋里，又给我看他为几个新办的儿童刊物的题词，看他为几位青年作家出书写的序言。一时间，我真不知道该对陈伯老说什么。这底楼的院子虽小，却有花和树；这屋子虽旧而暗，眼前的陈伯老却英气仍盛、心气仍高。他，安于清贫，安于寂寞，始终全身心投入儿童文学事业。这是一种怎样的境界？怎样的精神？临别时，陈伯老又一定要送我出来，又告诉我要坐哪一路公交车回去。这一切，都令人永远不会忘记。

第九章

空旷俄罗斯

从满洲里到赤塔

内蒙古的东北部与俄罗斯接壤。这几年,边境地区的百姓常来常往。两年前的夏天,我有机会去了一趟俄罗斯。从内蒙古边境城市满洲里出发,前往俄罗斯赤塔州首府赤塔市。

从地图上看,从满洲里到赤塔的路程比到北京近一半还多。从北京到莫斯科的国际列车正好经过满洲里,也经过赤塔。可是,国际列车一星期只有两趟,有点不方便。所以,我们就坐汽车过边境口岸,到俄罗斯小镇后贝加尔斯克,然后在这里坐火车去赤塔。

俄罗斯的火车票很便宜,按相等的里程来算,不过是国内火车票价的少一半。大家自然很高兴。可是,火车一开,就谁也高兴不起来了。原来,这火车的速度只是比马车快一点而已。咯噔噔,咯噔噔,真像马蹄磕打地面的声音。那车轮似乎懂得了我们的心思,在对我们说:可别急,可别急。这样过了很久,到了一个小镇,我和同伴们很想到站台上去走走,就请翻译去问列车员,在这里停靠几分钟?那个个子很高大的列车员的回答竟把我们吓了一跳。她说:"没有准时间,要看旅客上下的情况而定。"啊?铁路客运,怎么会没有准时间?原来,这是一条单轨铁路线,没有对开的火车,等这趟火车到达终点再返回。啊?是这样!这火车大概是慢得不能再慢了。

火车终于又开动了,仍然是咯噔噔,咯噔噔。看车厢里的俄罗斯人,没有人着急,没有人抱怨。人们拿出随身带的啤酒、咖啡,慢慢地喝着,有的人开始找人打扑克,有的人开始看报看杂志,有的人开始打瞌睡。噢,大概正是因为车速慢,旅途漫长,这火车全都是卧铺车厢,或坐或睡,是很随意的。后来,有一位白发的老者用半通不通的汉语来跟我们搭话。他说打日本关东军的时候他到过中国。当年,他是一名十几岁的红军战士。他告诉我们,近十年来,俄罗斯的建设重点放在欧洲,顾不上开发这边远的地方。这火车的节奏,就是这里的俄罗斯人的生活节奏。他的目光里有一点忧郁,有一点困惑。

我们上火车时,是下午三点多钟,夏末时节,太阳还是火辣辣的,车厢里人多,十分闷热。想开空调,没有。想开电扇,没有。那么,赶快把窗户打开吧,可是,车厢里所有的窗户都是打不开的。大家只得把带来的报纸杂志都拿出来当扇子用。可就在这时,列车员发给我们每个人的卧具却是一床厚重的褥子和一条厚大的棉被。嘴上说着"谢谢",心里却很纳闷。

哪里想得到,天还没有全黑,车厢里的气温已经明显降低,车窗上都蒙了一层水汽。不多时,外面已在刮大风下大雨,车门和车窗都是关着的,冷气却从门缝、窗缝里逼进来。如果没有那厚厚的被褥,夜里一定无法入睡。

第二天近中午时抵达赤塔市。下火车时冷风嗖嗖,雨下个不停,穿上长袖衬衫长裤还哆嗦,街上很多人都穿了皮夹克。

噢,原来赤塔州是属于西伯利亚地区的。这一热一冷,变化多大,变得多快!

感受"空旷"的俄罗斯

火车从俄中边境小镇后贝加尔斯克开出之后,一直向西北方向走,经过的地方都属俄罗斯远东地区。

从车窗向两边望,是无穷无尽、无边无际的绿色:那碧绿辽阔的草原,随高低起伏的丘陵地势一直铺展开来,放眼望去,似乎看得见远处的草尖连着蓝天;近处,草原上又时时出现星星点点的光亮,那是在阳光下熠熠闪闪的绿宝石般澄莹的水泡子。还有,那时近时远、生长着茂密、翠绿的灌木丛和高大、苍绿的松树林的山冈;那时隐时现、生长在远山尽头,看过去黛绿一片,好像童话中的绿色宫殿似的原始森林和远在白云深处的层层叠叠的灰绿的大山。草原上间或立着一株株高高的长着淡绿叶子的胡杨树和长着油绿色叶子的冷杉树,它们也是绿的,但绿得跟别的树不一样,也跟它们扎根在那里的草原不一样,是别出心裁、别开生面,还是别具一格、别树一帜?

在火车的慢慢移动中,那满目的绿色似乎在广阔的天地间漫溢开来、洇渗开去,那逐渐逐渐暗下来的天空,似乎也被这漫山遍野的绿色所浸渍。

慢慢地,透过密闭的窗户,我看到广袤的草原在晃动,看到低矮的灌木丛在摇摆,看到胡杨和冷杉在挥手、点头,我知道,风来了。风把绿色吹散在广阔的空间里,使天地之间都充满着、洋溢着绿色——在太阳没有落山之前,那是一幅深绿与浅绿相间的、透着绿莹莹亮光的写实的国画;而当太阳跌进了深深的山谷之后,那就是一张墨绿与暗绿相融、隔着绿蒙蒙雾气的抽象的油画。

这绿色的天地,如此绚烂,又如此深邃;如此张扬,又如此沉默。那是生命的象征?是和平的隐喻?

可是，你一定不会想到，从上火车的那天太阳当头的中午到天空黑尽的晚上，又从第二天大雨滂沱的清晨到乌云堆积的前晌，除了到达的一个车站有上下车的旅客之外，在那漫漫、泅泅的无限美丽、无比纯净的绿色大地上，竟见不到一个人、一座房，见不到一头牛、一只羊；有横在地上的树木，好像是被雷电击倒的，也无人来捡。整个世界万籁无声，静谧、空旷得简直无法用语言来形容。

这是一个真正的人迹罕至的地方。

我立即想起西汉使臣苏武被匈奴扣住，劝降不从，在北海边牧羊十九载的故事。北海就是现在的贝加尔湖，还在我们要去的赤塔市的西边。我们这次是去不成了。不过，我想象着苏武牧羊，一定是在这样的人迹罕至的地方。因为传说中，说他渴饮雪，饥吞毡。二十个世纪过去了，我却似乎感受到了那时的凄凉和悲壮。

俄罗斯是世界上国土面积最大的国家。近20年来，人口不断减少。2001年初，政府公布的人口数字是1.45亿。莫斯科大学教授、人口学家霍列夫指出："死亡率大大高于出生率，已成为俄罗斯面临的头号问题。"因为，人太少了，将严重影响到国家的发展。这一点，我也真的感受到了。

体会赤塔

终于来到了赤塔市。

这是俄罗斯远东地区的一个重要城市，人口将近30万。

这是个让人怦然心动的地方。这里是赤塔河与音果达河汇流处，城市里那些不高的楼房都被包围在树丛中，郊外就是密密的白桦树林和樟子树林。人少、树多、空气好。这里还有珍藏着俄罗斯历史的十二月党人教堂，还有反法西斯战争纪念广场、胜利公园、军事博物馆。

到赤塔的当天下午，我们坐一辆中巴，沿赤塔河绕过了整个城市，又穿过城里几条大街观赏市容。赤塔河是这座城的血脉，但河流很小，横跨河上的大都是过去年代里构造的木桥和铁桥。从河岸延伸到城里几条主要街道两旁，是一幢幢用灰色的、红色的砖瓦构造的老气、陈旧的建筑。在这个城市里，看不见一栋现代的、玻璃幕墙的高层大楼，也不见一座高速的高架与立交桥，你感受不到新兴的、新世纪的气息。一个世纪过去了，两个世纪过去了，这些目击着岁月流逝、见证着时代变迁却坚守不动、依然如故的楼群，如同原野上那些默默的山冈。而这些山岩般立着的建筑，历尽天地间的风霜雨雪，经久失修，到处可见沧桑的陈迹。于是，时间和空间仿佛是凝固的，你会感到，从任何一扇斑驳的大门里好像都会走出一个戴着船形帽、穿着新军衣、准备奔赴前线参加卫国战争的年轻的红军战士。我想，当时年轻红军无畏的姿态、如火如荼的内心与这些墙壁很厚、壁炉很大的建筑，是那样地契合；就是这种契合，构成了俄罗斯民族的英雄精神。

在今天的赤塔，时时处处，我仍能感受到这样的英雄精神。虽说，我接触到的赤塔太有限了。但是，无论是从军事博物馆女讲解员的激昂的声调和亢奋的语气里，还是从带领我们前往反法西斯战争广场、胜利公园的向导的坚定的目光和自豪的眼神里，我都从心里体会到了这一点。

在赤塔军事博物馆里，陈列着数千张图片和几百件实物，不仅主体宏大雄伟，即便观看那些装饰性雕塑、彩绘天花板和馆后绿荫深深的小径旁的历代军事家塑像、往昔的重型武器，都令人盘桓不去，流连忘返。

与此同时，一把络腮胡子的马克思的头像，和充满着智慧的前额隆起的列宁塑像，仍然一如既往地存立在反法西斯战争纪念广场上，成为这个城市引人注目的景观。广场不算大，来参观的人却络绎不绝。有不少也是跟我们一样，是从别的国家来的。先驱者无声，瞻仰者无言。不同的感触记在不同人的心里。

位于赤塔近郊的十二月党人教堂，是一座完全用巨大的原木筑垒的古老、庄严的建筑。这是1825年十二月党人发动反对沙皇的武装起义失败后，他们和家人被沙皇流放到此，才建起来的。名为教堂，实际是他们集会、阅读的场所。至今这里还陈列着他们读过的书籍和用过的灯台。他们曾经为这个偏远而严寒的地方带来了民主思想和现代文化。时过境迁，如今这里已作为活的历史书，供人们品味。

赤塔，城市不大，文化积淀却深厚、凝重。

见识西伯利亚的"富有"和"美丽"

从赤塔坐上回国的火车已经过了中午。火车开动后,才发现赤塔远郊有一些银、金采矿的企业和木材加工厂。这些厂子规模不是很大,从外表看,厂房都比较旧。不过,堆放在空地上的原木又粗、又圆,真正是栋梁之材。据说,这些木材大都向中国出口的。俄罗斯国土的森林覆盖率超过50%,每年可采伐的木材达三四亿立方米。俄罗斯人少,气候寒冷,有原始森林的地方大都无人居住,所以,乱砍滥伐树木的现象很少有,森林资源保护得好。从赤塔向东,森林绵延不断。远远望过去,苍苍莽莽,十分壮观。是树构筑的长城,还是树变成的大海?无风的时候,是长城;有风的时候,是大海。

火车开到的第一站是涅尔琴斯克市。那就是1689年签订中俄第一个国家间条约——《尼布楚条约》的地方。那个年代,这里的地名就叫尼布楚,人口只有六千,如今也只有一万六千。从火车上一路看,市区挺小的,多是古老的俄罗斯木屋,墙壁、门窗、屋顶、阁楼、台阶、围栏,全是木头的,而且全是那种整棵大树式的又粗又长的木头。门和窗都是双层的,木头窗板安在玻璃窗子的外面,门板和窗板上大都雕刻着图案和花纹,门和窗的上方有木板做成的门檐和窗檐,都被涂上了不同颜色的油漆,五颜六色,煞是好看。有可能是因为地域辽阔、人口稀少的缘故,每一家的木屋周围都有很大的院子,正是夏天,各式各样的花盛开着。有的人家还把小树种成圆圈状,像一个个小凉亭。那些长着金黄色卷发、白皮肤、蓝眼睛的俄罗斯小孩,跑来跑去,挥着小手,对着火车大声地喊着什么。那情景,就像是卡通电影里的童话境界。时已傍晚,火车里打不开的玻璃窗子已经不那么透明,车一启动,望出去,更觉得眼前花花绿绿,十分朦胧。是现实构筑成的幻想,还是幻想变成的现实？回到祖国的时候，这似乎就是幻想；如果在俄罗斯，这就是现实。

这天天气晴朗，但夜里仍盖着厚棉被。毕竟这里属西伯利亚地区。想一想，在国内，天气一变冷，准是西伯利亚寒流来了！

第二天晨曦初现时，清楚地看到了绵亘数百公里的丘陵，其高矮、大小和形状几乎全都一样。那位翻译告诉我，这就是二十世纪五十年代中国人耳熟能详的俄罗斯圆舞曲《在满洲里的山冈上》里唱的"满洲里的山冈"。山冈果然舒展平缓，风貌独特。但是，这一带夏季炎热，冬季酷寒，是俄罗斯气候最恶劣的地区。俄罗斯谚语："上有天堂索契，下有地狱马格达加奇"的那个"地狱"就在这里。确实，当火车停靠在站台时，我和同行的朋友下去走了不到两分钟，每个人的脑门、脖子上就被毒蚊子咬了好几个大包，回来后一个多月也不退。

火车再开动时，阳光越来越烈，中午的光线很强，看远方山冈上大片大片的白桦树林就清楚了许多。这里的白桦大都有二十几米高，它们排列得非常整齐，那端直挺拔的身姿，映射出银白色的光辉。这也是难得见到的美丽而美妙的景观。

啊！西伯利亚，很广大，很寒冷，也很美丽、很富有。

第十章

蓝色汉城

一九九七年八月上旬，应邀到韩国汉城（今称首尔）参加世界儿童文学大会暨第四届亚洲儿童文学大会。因为是第一次来，许多方面的第一印象极为深刻。

蓝色汉城

飞机从北京起飞时,天气晴朗、炎热,在云层中越过大海后,只一个半小时就抵达汉城金浦国际机场。但这里却下着大雨,风虽然不大,吹在身上却感觉很凉。韩国朋友说,该是天凉的季节了。原来,开会的第三天就是立秋的日子。这里靠海,四季分明。

汉城的秋天是蓝色的。这不仅仅因为汉城离海近,海风吹散了空中的云朵,天是碧蓝碧蓝的;更因为那经过雨水冲洗的一座座小学、中学的不高不低建筑群的蓝色的琉璃瓦屋顶,以及那些看起来十分整洁的教学大厦长廊上的白底蓝字的标语牌,那些林立在学校运动场上涂着蓝色油漆的篮球架和各种体育器械。而且,学校旗杆上飘扬的韩国国旗的图案主要也是蓝色。雨过天晴,走在汉城的大街上,看见那些还很新的高层大楼的蓝色玻璃墙和玻璃窗,更是醒目。一些大酒店顶层悬挂下来的广告条幅,也是白色布幅上印着蓝色的大字。国民日报社和东亚日报社前面的大广场在绚烂的阳光下也反射成一片蓝色的天地。

更有意思的是,这里的公共汽车和旅游汽车的外表也大都是白色和蓝色相间;穿行于大街小巷的小轿车,则几乎全是灰蓝色的;而多数出租车的顶牌标志也是蓝色的。所以,无论是在白昼的阳光下,还是在夜晚的灯光下,当小轿车、出租车、公交车一辆接着一辆,像排好了队有秩序地行进时,汉城的每一条马路都成了蓝光闪闪的车的河流。

天黑以后,人行道上就很少见到行人了。因为,在一天的紧张工作之后,人们或在家里,或在娱乐场所,没有人在路上闲逛。"行人"都在车里。这时,深蓝夜空中的月光、星光,与条条路上的车光相映照,令人感到置身于蓝色的光流中。

汉城的蓝色,令人难忘。

听韩国小孩子唱《种太阳》

八月五日上午，天空格外的蓝，阳光格外的亮，五大洲不同肤色、不同语言的儿童文学理论家、作家代表相聚在韩国首都汉城。九时正（北京时间八时整），大会开幕式在这里的奥林匹克大酒店会议厅隆重举行。在大会主持人致词、韩国著名诗人朗诵祝贺的诗歌之后，即由韩国儿童作庆贺性的演出。原以为是国家级少儿艺术团体的表演，实际上，来的只是汉城一所初等小学二至四年级合唱组的三十名小学生。个子有高有矮相差很多，男女生也不成比例。由一名中年男教师和一名青年女教师带领入场。男教师穿白色西装上衣、黑色西装裤；女教师穿白衬衫、黑裙；学生们穿校服：白西装、黑领结、白袜黑鞋，一律戴着校徽，男生平头，女生或短发或马尾辫，脸上不化妆，完全是平时上学的样子。他们排队走上那个不大的演讲台，按个子高矮站成三排。女教师弹起钢琴，男教师站在台下指挥，孩子们就唱起了自己国家的、其他国家的一首首儿童歌曲。他们歌唱大自然在四季变换中呈现的美；歌唱童年的烂漫和快乐；歌唱生活中的憧憬和希望。他们唱的时候，高高兴兴、自自然然，没有一点紧张，没有一点拘束，没有一点做作。只听到这三十个小孩子的声音忽而融合成一个声音，那样地嘹亮，那样地有力；忽而又此起彼落，有一种强烈的节奏感和鲜明的层次感。此时此地，台上台下，算得上是"三世同堂"，虽然相互语言不通，但是，童心和爱心是相通的。据在大会服务的韩国同行们说，他们请这些孩子来时，只说是为给他们写故事、写书的爷爷奶奶叔叔阿姨唱几支他们最喜爱的歌，并没有提其他任何要求。大概正是这样，他们唱的歌就完完全全是一种真挚的情谊、真诚的性情。

而最令中国代表感动的是，这三十名韩国小孩子竟然用准确的汉语唱起了中国儿童歌曲《种太阳》。这是著名作曲家徐沛东写的曲子，歌词却是辽宁省西丰县一个偏僻山村的小姑娘李冰雪写的一首小诗：

我有一个美丽的愿望，

长大以后能播种太阳。

播种一颗就够了，

会结出许多的许多的太阳。

一颗送给南极，

一颗送给北冰洋，

一个挂在冬天，

一个挂在晚上……

当这首描写中国孩子的美妙幻想、寄寓着中国孩子的美好愿望的小诗，变成了优美的旋律在会议厅里飘荡的时候，中国人首先击掌应和，接着，所有与会者都或叩指或挥手来为韩国孩子伴奏，会场气氛达到了最热烈的程度。正在唱歌的每一排小孩子手拉着手，左右摆动着身子，好像他们已经真正把太阳送到了应该送去的地方。啊，幻想和创造，是儿童的天性。中国儿童是这样，世界各国的儿童也是这样。童心在跳跃，儿童文学家们的心在跳跃，人类的情感原本是共同的。

大会开幕式结束了，韩国小孩子的歌声却留在大家心里。不过，留在心里的，岂止是歌声。值得我们思考的是，韩国人怎样注重爱护小孩子的天然、天真的气质，注意引导小孩子的大气、大方的品格；怎样让他们从小在许多大的场合露面并展示自己的才华，养成一种遇事从容、处事泰然的风度，形成一种见多识广、不骄不躁的性格。

天天喝凉水

喝水，是生活中最为要紧的事。那天，从机场到奥林匹克大酒店，坐车将近一小时，顿觉疲累而急于喝水。但是，找遍房间的每一个角落，都不见热水瓶。想是我们刚来报到，服务员还没有来得及送过来。等了很久，仍无人送水来。于是到走廊找服务员。整个楼层静悄悄的，无人值班，无人走动。于是拿着自带的茶杯找开水房。见每个拐弯处的墙壁上都挂着一个轻便电话，并不见烧开水的电热器之类。电话拨到酒店的咨询台，无奈语言不通，只得找了翻译到一楼去问。这才知道，韩国根本不生产热水瓶，因为不需要。原来，这里的水管子里流出来的都是经过高净化处理过的纯净水，可以随时饮用。那就回房间喝水吧！可是，房间里的自来水龙头是在卫生间的洗脸盆和浴缸上的，心里总是不放心——这每天用来洗脸、洗澡的水，怎么能喝呢？在中国人看来，什么都可以省，喝水却不能省。于是，就走一二里路到超市去买矿泉水，五百韩币（在当时相当于人民币五元）一瓶的，容量只有国内常见瓶装矿泉水的一半。一天的水钱要花去好几十元。但是，很快就发现，吃饭时，每个人面前都放着一大杯水，水盛在一个容量约五百毫升的高脚大玻璃杯里，明净、透亮，大家说这一定是招待客人的优质矿泉水。喝一口，冰凉中有一丝甘甜，觉得清爽惬意。于是每顿饭后就坐在餐桌边慢慢地谈天、慢慢地喝水，好像这也是一种享受。说来也巧，那天，一位发言人缺席，会议提前半小时结束。朋友们在一起，说这半小时干不了什么，倒不如早点到餐厅去，先喝一大杯甜津津的韩国矿泉水。到餐厅时，服务员们正忙着做准备工作，两位服务员正在餐厅一侧的卫生间里，用那一只只漂亮的玻璃高脚杯在自来水龙头上接水。啊，原来我们天天在品尝、赞赏的韩国矿泉水,就是卫生间里的自来水!在恍然大悟之中,真正悟到了:一种旧观念对人束缚得竟是这样的紧。以前写文章时常说有一种无形的精神枷锁,原来我们自己就套着这枷锁。之后,我们就不再于饭后在餐桌边消磨时光了。回到房间后,在卫生间水龙头上接一杯水,也是那么明净、透亮,喝一口,也是那么冰凉凉、甜丝丝,而且,由于是刚从水管流出的水,更有一种冰镇的效果。有一位朋友说他的胃不好,无论走到哪里都得喝热茶,连凉开水也喝不得。可是,在这里,喝水就成了他的难题,他实在不愿意去喝热水管里流出来的"洗澡水"。会场休息室里倒是有电热器,玻璃水缸里的水沸腾以后就可以泡茶或沏咖啡,不过,小小棉纸袋里的"茶叶"却是一种茶色颗粒,不知是从茶叶里提炼的,还是一种合成的代用品,喝起来总觉得不够味儿,喝完以后似乎还有点不舒服。大家劝这位朋友试着喝一点韩国的纯净水,试验结果,味道极好。想是这水不但无菌,而且含有对人体有益的矿物质。于是,在赞扬人家先进技术的同时,我们这些来自茶叶大国的人,也就入乡随俗,暂时放弃了喝热茶的习惯,天天津津有味地喝水管里的"自来水"。

韩国人的精明

韩国曾被称为"亚洲四小龙"之一。从二十世纪七十年代以来，经济逐渐发达。随着人均收入的增加，生活中现代化程度也就比较高。这固然是因为资源开发、利用都比较好，科学技术发展快速；可韩国人也实在精明得可以。你看，汉城一边靠着山，平地不多，他们却顺山筑路，宽阔的马路依山铺就；然后，在山坡上种树、建楼。满山是树，树荫掩映中是一座座式样各异的小楼；令人感到这个城市绿化得好，空气格外清新。而这样的住宅建筑和生活环境，既使城市更加美丽，也正符合了人们的心意。他们每天开车到山脚下，顺山势停车，既节约土地，又比较安全。而后，上坡下坡，走一点路，也正好锻炼了身体，免得再花钱到健身房去。

而且，他们也并未因为富有而丢掉自己民族的一些好习惯。听说汉城人几乎家家都要腌制在全世界都有了名气的朝鲜小菜，既好吃，也比较节约。我们在酒店吃饭，腌菜和泡菜也顿顿都有。又比如，家里虽都有车，孩子上学却都是走路；学生一律穿校服。汉城人除在正式场合和节庆日盛装之外，平日里穿着很随意。至于崇尚勤劳、尊老爱幼这些传统美德更是代代相传。可以看到，在任何公共场所都张贴着老人和儿童免费或减价的广告。

我们开会的各个项目的费用，都是精打细算。我们入住的奥林匹克大酒店，是一九八八年汉城奥运会时建造的，各项设施齐全。按照国内开会的习惯，大家都没有带牙刷、牙膏，男士们连梳子也不带。却不料，卫生间里除了毛巾浴巾、浴帽香皂和一把梳子、两个杯子之外，其他物品都没有。许多人就去询问。又不料，哪个楼层都没有值班人员。问来问去，答复是：牙刷牙膏是口腔卫生用品，入口之物自备，梳子一把系备用。于是，只得忍受高于国内十倍的价格去买那些缺不得的物品。至于房间里的温度，即使低得不适于洗澡，那空调也始终关着，形同摆设。再以大会的几次招待宴会来说，每次宴会都是自助餐，一开始拿出来的食品不多，服务员在一旁观察，什么菜受欢迎，就随时添加。但最贵的几样菜却是有数的。等大家快吃完饭时，每个大盘子几乎都是底朝天，没有一点儿剩余和浪费。如果你不遵守就餐的时间，好吃的菜已经被夹光了，那你就吃不到了。如果你开口去要，服务员会微笑着对你说"sorry"，弄得你很尴尬。可是主人无所谓，一切按规矩办事。

韩国的大米，品种很好，糯糯的，油性大，有一股米香味儿。吃饭时，米饭盛在一个不锈钢的盖碗里，一人一份。餐厅里并没有自己盛饭的地方，也没有人来问你够不够；平日每顿饭的主菜只有一样，比如牛肉片汤或是一块鱼，同样是一人一份。摆在餐桌中间的是生菜、甜酱和各式朝鲜族腌菜、泡菜。至于饭后的水果，无论是西瓜、橙子，都切成薄片，香蕉切成小段，番茄是像海棠果大小的这一种。盛咖啡的杯子比我们喝马奶酒的银杯还要小许多。

那天，全体代表去参观韩国故宫，天气热，回程中大家口渴难忍，工作人员去买瓶装水，给每人发一个纸杯，说是一瓶水四个人喝。回酒店后，各国代表都说，大半天才喝那么一点儿水，有点受不了。第二天参观韩国民俗村时，路途更远，坐车单程两小时，就发给每人一小瓶水，算是比前一天增加了四倍。如果你还是说不够，主人就微笑着对你说：请自备。类似的情况几乎天天都会碰到，但不管各国的客人怎么说，韩国人还是一切按既定计划行事。

大会的一切服务都是有代价的。比如翻译，他们只在开会时工作，会下，你要上街、购物、观光，没有人来为你无偿效劳。如果你要用车，那就请你"打的"。会议组织者们来来往往坐的小轿车，都是他们的私家车，是不借用的。在会议期间，全体代表的合影，或是工作人员为一些代表抢拍的照片，洗印以后，都放在会议休息室的长条桌上，桌子正中放一块牌子，上

第十章 蓝色汉城

面写着：请自取；每张照片请按标价付费。至于每个房间冰箱里的食品，那也是谁吃了谁付钱，大会概不招待。那么，房间里的电视机总是供客人随便看的吧？也不是。有一天，两位台湾朋友被通知到一楼营业台去交韩币八千元（人民币八十元），他们去问是不是搞错了？因为他们没有用酒店的任何东西。回答是：他们前一天晚上收看的两个频道是自己缴费的。据这两位朋友说，那两个频道，他们只是按了遥控器，总共不过几分钟。可是，韩国就是这样规定的，对任何外国人都不例外。

汉文化影响和民族意识都很强

在汉城，常常能够感受到浓郁的汉文化气息。这里的故宫——景福宫，殿名、匾、对联，全是汉文，用毛笔书写的。韩国民族村的大门上也赫然写着"大观门"三个大字，里面的古代官府门上的横匾也题写着"龙驹衙门"。至于城里文化街上的古玩篆刻、书法条幅，更是如此。所以，我们跟韩国人虽然语言不通，只要用汉字写出来，年纪大一点的人都能看懂。这使中国来的代表感到很亲切。但，年轻的韩国同行大都会英语和日语，对汉语却是一点不懂，又令我们感受到现代韩国两代人的差异。

如今的韩国，有汉文化的痕迹，有日本的习俗，而年轻人也在接受西方文化。当我们每天坐在所住酒店的十二层餐厅里，喝着自来水管里流出的透亮的纯净水，品味着奶酪面包和橘黄色、白色的生鱼片，端着不锈钢盖碗里盛着的糯糯的大米饭，舀着牛肉片洋葱汤的时候，当我们欣赏着窗玻璃外耸立在远山绿荫中的覆盖着琉璃瓦的中国古典式建筑和欧式的尖顶小楼，欣赏着不远处另一座大酒店的室外透明电梯和街对过那家进屋就脱鞋、就盘腿而坐的小吃店，俯视着院子里匆忙穿行的在朝鲜族白色对襟上衣外面穿着西装背心的服务员们的时候，又深深地感受到，这里的一切，既糅合着古典与现代，也融合着东方与西方。这个国家自有它文化背景的上文和续篇。

值得注意的是，韩国人的民族意识很强。汉城的马路是车的河流。小轿车一辆接着一辆，像排着队一样，长长的车流没有尽头。有意思的是，这些汽车，都是一个模样，而且大都是灰蓝色。在阳光下，每条路上都映射着蓝色的光，形成一条条交叉错落的韩国特有的光流。原来，韩国为了保护本国的汽车工业，不准进口小汽车，一色的"韩国制造"。而在汉城的大商厦、小商店里，无论是服装、皮鞋、提包，还是各种各样的食品，也都标明是"韩国出品"。

韩国人的这样一种精神，在大会会场上也常常感受得到。感受最强烈的是，他们时时不忘国耻，时时记着民族的振兴。他们对日本军国主义的仇恨溢于言表。由于此，任何一个日本作家代表在大会发言时，第一句总是为日本统治者以往对韩国的侵略罪行深感不安。而当韩国作家发言时，大会主持者又总是自豪地阐述本国作家的成就，甚至举出他们的具体作品。这次大会上，虽然有来自世界五大洲许多国家著名的理论家和作家，但作为大会承办者的韩国人，在大会的四个主题发表中都巧妙地把韩国同行的发言安排在重要的位置上。而且，大会的会标也都在"世界儿童文学大会"和"第四届亚细亚儿童文学大会"的大字下，有一行"韩国儿童文学大会"的小字。又由于世界儿童文学大会是第一次开，会场布置得庄严、隆重，会标、文集用中文、英文、韩文三种文字，只有大会发言时才允许日本代表用日语。

花钱"打的"也不简单

汉城的每一条大街小巷都非常干净,即使是高楼背后一些不起眼的地方,也见不到纸屑和污水。所有的十字路口,没有交警,没有手持小旗维持交通秩序的人,但见不到有人乱穿马路,见不到车辆违章行驶;更听不到提醒司机停车、行人止步的广播,耳边只有车轮与地面摩擦的声音。所以,走在街上,心情总比较好;但同时也使人感受到一种自觉的约束:穿马路必走人行横道。因为,这里不仅车辆多、车速快,有谁敢"冒险",那就只能是"自取灭亡",违规而导致的后果,只能自己承担,休想有人来赔偿。心想韩国总是人口少,好管。后来听说,韩国的城市管理规则十分具体,每一种规则一经公布必严格执行,任何人违反规则,照罚不误,绝没有一点点通融的余地。习惯成自然,每个市民都自觉地遵守公共规则和公共道德。韩国朋友说,文明风气的形成,必须以规范化的管理为前提。所以,走在街上要"打的",千万别站在不允许汽车停靠的地方拦车,也不要逆方向拦车,因为不是哪个地方都允许汽车拐道的。

不过,一辆出租车,只要人没有坐满,沿途还可以拉同路的顾客。不过,你必须眼尖手快,及时看出,及时挥手,才能及时拦住车。只要你坐进车里了,司机就一定把每个人都一一送到目的地,互相没有影响,而每个人的车费就省了不少,可以说给大家都带来方便。

天黑以后,汉城的繁华大街上各色霓虹灯闪闪烁烁,一派大都市气氛。这时,马路上只有车在流动,只有车头两侧的橘黄色光束和车尾两旁的红色灯光在流动。人行道上,除了匆忙进出商店的几个人,再也看不到什么人了。这时,你即使是口袋里装满了钱,也很难拦到一辆出租车。显然,汉城人家里大都有车,白天,全家人去向不一,也许有人要坐出租车;晚上就不必了。而富裕的出租车司机,晚间也需要休息和娱乐,车也要擦洗和保养。所以,晚上出行,应该事先打电话去预约出租车。如果出去走走,那就不要走得太远,也不要到那些陌生的地方去。因为,那时,你虽然看见条条巷子里都停着车,你却就是找不到出租车,而且,连个问路的人也找不到,那就真是叫天天不应、叫地地不灵——真正是寸步难行啰。

在汉城"打的",也令人体会到社会现代化的方方面面。现代的交通秩序,正是现代文明的标志之一。

第十一章

北疆小孩子

快活的沙漠小孩子

小驼羔般壮实

在阿拉善广袤的沙漠里，虽说是风大水少，小孩子却个个壮实得跟小驼羔似的。无论在哪里遇到他们，无论是男孩女孩，个个都愿意跟你掰腕子较劲儿。赢了自然得意，输了就亮一嗓子罚自己。唱出的长调，虽然还嫌不够粗犷，却也是悠悠长长，声气很响；如果唱的是小调，稚嫩中带着委婉，真真切切，音色很绵，都独有一种味儿。

这些小孩子，吃着沙糜子面做的松糕，吃着沙荞麦面做的饸饹，吃着沙葱、沙韭菜拌着的羊肉馅饺子，秉承着沙漠万物所独具的智、勇、力，上学刻苦，干活有劲，也独持一种品格。

小孩子们还能翻过沙丘去摘沙枣吃。沙丘背后常常长着一片一片高大的沙枣树，天热后开银白色花，很香；结出的果子跟小红枣似的，红彤彤，肉乎乎，吃起来沙沙的、甜甜的。由于这里很少有人来，这沙枣总是在树上挂到熟透，那天生的养分，那天然的异香，又独具一种风味。

再加上，许许多多沙生植物都是名贵的药材，小孩子们有点小病总能马上就好。而且，沙子可以蓄热，把活动不停的小胳膊、小腿伸进日头晒热的沙子里，用热沙子把吃得鼓鼓的小肚子埋起来，还是最好的保健和理疗哩。这更算得上是一种独一无二的好生活。

这些小孩子，怎么能不壮实得像小驼羔呢？

随时随地学习

在浩瀚无垠的沙漠上，小孩子们走到哪里就在哪里学习。他们折一根细柳条，就在沙地上学写字，从左到右划过来，写个一、二、三；然后，小手一扑棱，把沙扑平了再写，煞是有趣。他们又掰一根硬枝桠，学着画天空中的日头，画日头下的沙山，画沙山旁的房子；每一次，小手一扑撸，枝桠一转动，画就变了，也很带劲。等到写累了，画倦了，就把一根长一点、粗一点的柳条在灶火上熏直，两头放在板凳高的两个小沙堆上，学着跳高；或者干脆站到沙窝子里学摔跤；如果正巧遇上邻家的哥哥姐姐走过来，给大家指点一下、示范一下，那就跟学校里的体育课没什么两样。小孩子玩得可有兴头哩。

有一天，一队骆驼从门前的沙山脊上走过，驼铃叮叮当当，牵驼人坐在最后那一匹骆驼峰间，手里弹弄着小小的土吉他，放开嗓子唱着："沙山大，没我的脚步大，我一步迈过几个沙圪垯……"小孩子一下学会了唱自己的脚步大，唱得既有沙堆堆的情致，更有沙荒荒的情韵。

哈，住在到处铺满了细细的、黄黄的沙子的大沙漠上，学校里上过的所有的课程都能随时随地地温习，动手又动脑，记得格外牢。

这些小孩子，可算得上全面发展啊。

别处没有的滑沙运动

在沙山中滑沙，是边远沙漠人家小孩子的一项简捷而快乐的运动。家家门前有沙山，小同学之间一呼吆，大家一起从家里走出来，一起从最缓最斜的那面沙坡走上去，又一起从最高最陡的那座崖头滑下来，只几分钟时间，就出一身大汗，爽快又痛快。而且，用不着父母花钱，用不着老师来教，也用不着大人陪伴，自由又自在。

不过，小孩子滑沙也有自己的讲究。天冷时，他们用松紧扎带扎住裤管，套上妈妈缝制的靴式鞋套，坐到崖头，两只手各拿根细柳条一撑，一出溜就滑到沙山根。如果是放了暑假后的大热天，男孩们就找一座稍远一点的大沙山，衣服脱得剩个小裤头，光溜溜地一滑而下，滑个麻利，滑个彻底。到了沙山根，抖落掉浑身的沙粒，再往上走。斜度小走不上时，干脆就用一种叫钩梯的东西，钩进沙堆，贴住劲往上爬。有时沙太松，钩进了又脱出，圆滚滚的小身子霎时就会滚滚圆地滚下去，嘻嘻哈哈一阵，再走再爬再滑。一次又一次，滑不厌的沙滑梯，一直滑到走沙山时几步登，滑沙下时一阵风。

由于这里除了沙还是沙，干干的沙粒十分干净。孩子们在沙子里钻进钻出，只要抖一抖、撸一撸，脸儿还是红扑扑，眼睛照样黑亮亮。沙漠人都说，这可是外地人享受不到的沙浴啊。

在沙漠里找水

在广阔无边的大沙漠中，水，是最珍贵的东西。水，就是生命。

小孩子总能帮大人找到水。

夏天有雨，冬天有雪，水渗到了很深很深的沙子底下。到了春天，冻土开始消融，小孩子们就来到沙丘与沙丘之间的那一片片正在解冻的草滩上。地是湿的、软的，风吹不进来。大家就在这里蹦上蹦下、踩来踩去，直蹦得脚下的地皮颤动起来，直踩得整个的草滩凹凹凸凸。人多力量大，半大小子们有的是力气，有的是劲头。蹦啊踩啊，踩呀蹦呀。终于，有一天，这里，那里，滋出水来，一股一股，能滋三尺来高；听得见"嗞、嗞"的声响，像是童话里小人国的瀑布，映着天上的阳光，闪耀着各种颜色的彩色的光。于是，小孩子们越蹦越有力，越踩越起劲。过不了几天，近处，远处，就都有了一个一个的水泡子。水是从地底下挤出来的，是沙砾里滤过的，并不大，却清清冽冽，让一个小村的人全都笑容满面，这家忙着做糜子面凉粉，那家赶着蒸黍子面豆馅儿糕，村子里到处弥漫着驼奶茶的香味儿。

这时，小孩子们都乖得很。他们蹲在水泡子的边上，两只胖嘟嘟的小手掬起水来，凉凉地拂在脸上，把被太阳晒黑、被冷风吹红的小脸蛋儿洗得净净，涂上沙地边上养蜂人送的沙枣花蜂蜜，润得靓靓。新学期开学时，个个小孩子都是一身整洁、一脸得意，神气得很。

嗨，谁说沙漠里没有一滴水呢？有小孩子就有水。

能干的草原小孩子！

世界映在草原孩子眼睛里

从小生长在草原上的孩子，那一双双眼睛明净而晶亮。

孩子躺在草原上看天空。无边无际，天有多高？多远？噢，知道了。每天清晨，太阳公公从天的东边走出来，走了整整一天，他就走到了西面远山的后头。

孩子站在草原上看大地。大地的边是一个圆圆的大圈。如果沿着这个大圈走一遭，有几里？走几时？噢，知道了。每天天刚亮，那道圈边刚刚能看清时，总有一列火车轰隆隆地开过来。等到天色暗下来，那道圈边已经模模糊糊时，又见那一列火车轰隆隆地开回来了。火车也是走了整整一天。

下小雨啦。这是那两片乌云打了架以后在哭。太阳公公生气了，走了，一直等到"他们"不哭了，太阳公公才从一座七彩的桥上走过来。那是一座拱形的大彩桥，高大，好看。太阳公公抬起头向大家微笑。

云儿飘过。那是一群大白马跟无数小山羊在草原上奔跑。但一眨眼间，又觉得是蓝色海洋中驶着白色的帆船，帆鼓着风，船行进得很快。再细看，见太阳公公挂着彩色的飘带，捧着白色的哈达，在向小朋友打招呼呢！

孩子坐在草原上看自己的家乡。草原这么大、这么绿，野花这么多、这么好看，五颜六色，让人不知道该先看哪一边。这中间，蒙古包是白的，比山羊白，比白云白，而远处浩特里的小学校是红的，教室是红砖红瓦，操场里高高的旗杆上飘扬着五星红旗。孩子们再看看围在自己脖子上的红领巾、扎在蒙古袍腰间的红绸带、拴在蒙古包前马桩上的枣红马，笑得小脸蛋也绯红绯红的。再看远处近处正在放牧的褐色的马群、浅棕色的驼群、花花斑斑的奶牛群、黑白两色的羊群，那是草原上天然的图画。

孩子遥望着一座座高大的山。白云就在山顶上。登上了最高的那座山，到天上一定不远了。孩子们都想登上山巅，去摸一把云彩，去碰一下天，去寻找那条到天上的路。

草原孩子眼中的世界，很美，很美。这固然是因为他们有一双明净、晶亮的眼睛，也正因为他们生活在一个广袤无垠、变幻无穷的美丽而美妙的地方，更因为他们爱这个养育了他们的地方。他们用真诚的目光注视着它，用善良的心灵感受着它，用美好的情思领悟着它，于是，美的幻想就在美的现实中生发出来。

草原孩子眼中的世界，无论怎样的美，都源于美丽的草原、美丽的大自然。当然，孩子眼中映现的，不仅是自然的美，还有生活的美。这，只有草原上的孩子才能够感受和领悟到，只有生长在新时代里的草原孩子才能领受和感悟到。

帮大人接春羔

春天，草原上的积雪开始融化，雪水一点一点地渗进泥土里。风已经不那么冷，阳光也一天比一天暖热。一冬天都在地下避寒的草籽们，都争着探出身来，向春天问好。鸟儿也飞来了。万物都忙碌起来。

最忙的是牧人。他们正忙着接春羔。小孩子也很忙，忙着当下手，忙着跟小羊羔玩。

一只只毛茸茸的小羊羔降生了。牧人再辛苦，心里是快乐的。小孩子更快乐。

只是，那些下头胎的母羊，往往不知道疼爱儿女，它们在经历、经受了一场分娩的剧痛和苦难之后，常常不肯给羊羔儿喂奶；也有的母羊因为小孩子爱抱羊羔,把人身上的味道串到了小羊羔身上,甚至不让羊羔儿躺在自己的身边。这个时刻,母羊一反平日里温驯柔顺的姿态,毫不顾及羊羔儿的性命。小羊羔不吃奶活不了啊。不少牧人会很生气,甚至对羊发火,指着喊骂,暴跳如雷。可是,任凭牧人怎样大着嗓门,怎样举着牧鞭,怎样跺着双脚,母羊都不变态度。也有的牧人,用平日里放羊时唤羊的口吻、音调,和颜悦色地跟母羊交流,母羊却还是不理不睬,拒喂如初。

这时,小孩子们就会跟有接羔经验的妈妈、奶奶一道,抱着羊羔儿坐到母羊身边。一边轻柔地抚摸着母羊和羊羔儿,一边温情地唱起草原人世世代代称颂母爱的歌谣:"陶爱格啊陶爱格,陶爱格啊陶爱格……"这是一首无词的赞歌,小孩子们从白天唱到黑夜,反反复复,恳恳切切,断断续续,一直唱到母羊的眼神变得柔和,唱到母羊的泪流下来、奶淌下来。这时,母羊就慢慢地躺下,任小羊钻到身下。于是,小孩子们就让羊羔儿含住羊妈妈的乳头,让母羊和羊羔儿一起体验到母儿偎依的温暖、温存,体验到儿噬母乳时的惬意、快意。只有这时,牧人的心才放下来,小孩子也觉得做完了一件大事。

草原上的小孩子没有不会唱歌的,都是天生的亮嗓子,都是用真心、真情来唱。听了的人也没有不感动的。那首《陶爱格》,是流传了上千年的牧歌,更是一首赞美母爱、启迪爱心的颂歌。女孩子唱起来,格外地显得悠长动听,真挚感人。谁听了都会流下眼泪。那是人与自然一种心底的共鸣。

送羊羔

在草原深处的牧人定居点上,牧羊人一家与一个牧马户做了邻居。两家的男孩同在苏木小学上学,每天上学下学同骑一匹马,下学后、双休日,又同去草场帮大人看马饮羊。两个小伙伴,成了形影不离的好朋友。

只是,牧马户家那只高大凶猛的牧犬常常跳过栅栏,袭击羊群里的小羊羔。牧羊人几次请牧马户在放牧回来之后把牧犬拴好。牧马户口头上答应,实际上没有管束自家的牧犬。

牧羊人心里很生气。一天，他对儿子说，他要到远处亲戚家去把他们养的那只藏獒带来。藏獒是犬中之王，一定能制服邻家的牧犬。男孩听了，说："那只藏獒来了，一定会把邻家牧犬咬伤。邻家的马群谁来守护呢？我们两家也不会要好了。我也就没有好朋友了！还是另想一个好的办法吧。"

过了几天，牧羊人家的孩子从羊群中挑选了三只最好看、最讨人喜欢的小羊羔，送给了他的好朋友——那个牧马户人家的孩子。牧马户家孩子如获至宝，每天下学以后都要在自家院里跟洁白温顺的小羊嬉戏。因为怕牧犬伤害儿子心爱的小羊，牧马户把牧犬拴住。从此牧羊人家的羊羔再也没有受到骚扰，牧马户家孩子还常常到牧羊人家来询问喂养羊羔的一些事情，还把自家酿制的马奶酒送给牧羊人大爷。牧羊人家孩子也常常帮着给羊羔儿洗浴，并把新鲜的羊奶酪拿出来与邻家分享。

从此，两家人互帮互学，马群和羊群都养得好。他们的定居点也成了文明小屯。

春天到秋天 草原小孩高

1

春天一到，地上的雪一点点化掉。天上的雪，不知是在哪一夜哪一天变成了雨落下来了。小孩子用一冬天辛勤堆成的雪人，在明亮的阳光下突然失踪；小孩子花一冬天时间练成的打雪仗的本领，也在地头地面的积雪变成水的瞬间，施展不开了。他们团雪球、扔雪弹时奔跑的脚步声，他们砸碎对方雪垒、击中"敌人"雪堡时兴奋的欢叫声，在明媚的春光里骤然失落，使小孩子心里很是舍不得。他们自己也不明白，开春了，开冻了，究竟是好，还是不好？

草原春天的步伐也很快。雪水与雨水一起渗进了地里。春风把云的气质越吹越新，把太阳的光焰越吹越旺，把雪花的身子越吹越透明。在地与天的交流中,枯黄的草原上长出了鲜绿的新草,光秃的枝头上生出了嫩绿的新芽,新的春天里是一个新的天地。

渐渐地,春风里有了一点一点的暖意。温暖的风吹开了草原小孩子的心扉,和煦煦的、润滋滋的感觉一起涌上心头。一冬天雪地里的欢悦和欢乐,将会化成新的心气,积出新的心劲;一夜之间,骨节儿伸展,一下子长得高高。

2

秋天来到,牧人们打草、晒草、贮草,忙得连吃饭都顾不上。

勒勒车把晒干的草运回牧人家,一堆堆地码在蒙古包的周边,小山丘似的,改变了这片草原宽广平坦的状态,也堆成了牧羊犬、看家狗和小孩子的乐园。那里闹翻了天。从白天到夜晚,小孩子站到草堆尖上望远处,从铺满阳光的草垛上滑下来,然后再爬上去。他们不怕干草叶刺痒了脸和手,不怕干草缝里的尘土弄脏了袍子、塞进了靴子,也不怕那横七竖八的长长干草会缠住他们扎在头上、腰上的绸带。尤其是夕阳西下的黄昏时刻,草垛里传出各种秋虫的鸣叫声,隐隐忽忽,悠悠扬扬,像是在给小孩子的玩耍伴奏,让他们恨不得钻进去住到里面。这样的痴迷、陶醉,让小孩子们总是主动地承担起秋日夜巡的任务。过一个秋季,草原小孩子们大大地壮了胆子,也高高地长了个子。大人们也乐得这样。他们说:"码草,看草,正是牧二代的大考。"上了学的小孩子说:"打草,晒草,牛羊上膘,小孩子一边学好,一边长得高高。"

活泼的水边小孩子

湖面就是滑冰场

  北疆的数九寒天，天气冷得可怕。所有的大小湖泊都冻得严严实实。别说是隔着湖两岸的人们可以自由地走来走去，就是载重大卡车也平平安安地开来开去。老天爷倒也是帮了大家伙儿的忙，少绕了道，省下了时间。

  不过，最高兴的还是这里的小孩子。他们穿着祖母、母亲用各种各样的兽皮一针一线缝制成的小皮袍，轻暖而挡风，无论零下多少度都不怕。他们的兽皮帽子，都有护耳、护额；皮垂子一翻下来，连脖子都裹住了。而且，他们的祖母、母亲都心灵手巧，常常把他们的小帽子缝成各类野兽头的模样，更便于做游戏，可心又可爱。他们戴的手套是皮手闷子，手往里一伸，软绵绵、暖呼呼的。这样的穿戴，小孩子们自然不会窝在家里烤火。更何况，城里来"冰雪游"的叔叔阿姨、哥哥姐姐们都说，他们穿的是裘皮童装，很传统又很时尚，很别致还很气派；说这样的服装很贵很贵的，大商场里还很难买到。小孩子们得知这样的"信息"，嘴上不说什么，心里乐滋滋的。不过，这里的小孩子朴朴实实的。他们都已经上学了，知道城里毕竟比他们这儿繁华、发达。他们在冰湖上滑行时穿的带轱辘、带冰刀的各式冰鞋，就是大人们从城里买回来的。

  小孩子们穿上从城里买回的各式冰鞋，当着城里客人的面，从湖的这头滑跑到湖的那头；又在湖面上滑出各种花样，跑出各样姿态，直滑得脚下生风、跑得浑身出汗。他们非常得意地说，他们滑跑的速度，绝不低于城里马路上的高档小轿车；这样锻炼的效果，也绝不差于城市健身房里的进口设备。小孩子心里真的有那么一点点骄傲和自豪，似乎他们脚上的滑冰鞋赛过了哪吒脚下的风火轮呢！

谁说冬天太冷了呢。愈冷，湖面冻得愈加瓷实而瓷光，小孩子在湖上滑得愈加自如而自在。虽说免不了摔跟头、趴冰面，过完冬天，个个小孩子却都长了一截。不是故意说得玄，在严寒的天气里滑冰，那可是真正的增高秘诀啊。

天气冷啊冷，北疆小孩子在湖上滑啊滑，乐呵呵。

冰河就是大鱼塘

都说内蒙古冷，最冷的还数内蒙古东北边境。数九寒天，几番强寒流袭击，几阵狂北风刮过，天就像被刮漏了一样，一天又一天，雪花没完没了地落下来；地就如被击呆了一般，一夜之间，河水愣怔怔地动不了啦。又等了些日子，大人们就会叫上亲友、喊着邻里，一起提拎着大网到那不动不流的冰河上来凿冰逮鱼。小孩子们自然要跟着来。小伙伴好不容易聚到一起，大家穿着靴子刺溜刺溜地在冰河上滑着走，嘴冒白气哇啦哇啦地在人群里喊着话；人前人后当下手，赶东赶西凑热闹；等到系在铁钎上的网绳抖动的时候就笑眯眯地乐起来，听着鱼儿在冰洞里蹦跳的声音就乐滋滋地笑开怀。

只见逮鱼的人们在湖面选好相距一二十米的两个点，用钢钎和大锤，开山凿石一般，凿出两个井口大的冰窟窿。把网口的一边先放进一个窟窿，再从另一个窟窿牵出网口的另一边。两端的口绳拴牢在插入冰层的钢钎上，一个冰下渔网就张开了。然后，在湖岸上升起一堆篝火，周围的空气热起来，冻在湖底、憋着难受的鱼儿就会打着挺儿往冰窟窿这边蹿，无须人们费大劲，鱼儿就自投罗网了。

不一会儿，满网的鱼儿就从冰窟窿里拉了上来，猛然倒在冰面上，"啪"的一声落下来，还没等得蹦起就冻成一条条直棍儿了。这时，最来劲儿的是浑身用兽皮衣帽"武装"着的小孩子们。他们把漏网的、装剩的不大点儿的鱼用小铲子铲在小瓦罐里,放到每天滑来滑去玩的、绕了粗铁丝的木板冰车上,开开心心地就拿回家了。

狗狗就是好司机

北疆深山里的冬天，贼冷贼冷。雪下得封住门口，那条顺着山脚曲里拐弯的小河早已经不声不响地连底冻住。风吹在脸上刀割一般，生生地疼。人们除了干活都不在外面待着。如果哪个小孩子敢在这样的天气里不戴有耳垂的帽子到外面去，那就是不想要那两只耳朵了。但，小孩子们坐不住。尤其是大太阳高高照的晴好天，隔着窗户往外看，蓝莹莹的天空，亮堂堂，明晃晃，蓝天下那条冰河大道，射着耀眼的光，熠熠闪闪，色彩斑斓，变幻无穷。他们坐在炕头上，屁股热烘烘，浑身暖洋洋，心却已经随着太阳的光芒和冰河的光彩飞向辽阔的边远，飞向长远冰道的深奥。

心飞起来，脑筋就动起来。小孩子们突然发现，自家和邻家的大狗小狗因为快过年吃了很多肉骨头、鸡肠子而变得毛皮亮光光、身子圆滚滚；可它们也因为大人们不让出门而无聊地走来走去。小孩子们想出办法来了！他们寻找种种理由，说自己蜷缩在炕头没有了一丝力气，说每天呆愣在家里没有了一点精神。他们这样诉说的同时，又变着法儿，让大狗小狗们吠叫着、闹腾着。于是，小孩子们就巧妙地说，天太冷，他们可以让狗狗们拉着爬犁，帮大人们运送些食物、干草、柴火什么的。大人们一听，倒也符合心意。就从凉房里把放置了一年的爬犁拿出来，把每个榫头都敲个结实，把每块围板都漆得鲜亮，又把每条绳子都浸得坚韧，再在靠板、坐垫上铺了厚厚的毛毡或柔柔的兽皮；再在四周横栏上插上各色小旗，在两旁竖杆上挂上大红灯笼。于是，一辆辆派头大大、帅气足足、既很本土又很时髦、既极别致又极靓丽的冰上敞篷私家车，就在小孩子们的家门口一一亮相。当然，最要紧的是要有出色出众的司机。有了牢固便捷的爬犁，"司机"就是第一位的。

第十一章 北疆小孩子

哈！司机就是每家每户高头长身、壮硕机灵的半大牧犬。这些狗狗，除了强健、漂亮，还善于奔跑、勇于坚持、敏于辨别、能于决断；它们听小主人的话，跟小孩子们默默配合、好好团结，乖巧得很，懂事得很。这样的条件很高啊，全仗着小孩子们平时对狗狗驯养、训练的功夫。这也是北疆小孩子独有的本事啊！不过，这辆小车，既要拉小孩子，又要运东西，负载量不轻，得有两三只牧犬合力来拉才行。正副司机一起上阵，气势也就更不一般。十几只狗狗跑跑跳跳，一个"车队"浩浩荡荡，再加上小孩子们举着绸巾，挥着狗鞭，喊着口令，唱着儿歌，从一家家院子奔向一条条冰道，从一个个山坡冲向一处处山脚。一路上，爬犁刺哩刺哩的行进声，狗狗呼哧呼哧的喘息声，彩旗哗啦哗啦的飘动声，小孩子抑抑扬扬的欢唱声，在空旷、沉寂的雪原冰野上，汇成了一种铿锵有力、气度不凡的进行曲式的强烈节奏；稍微夸张一点说，似乎真有那么一点惊天动地、惊心动魄的感觉呢。

哈！天寒地冻、雪飘冰固之中，狗狗拉着爬犁迅跑，团团乘着"小车"疾驰，向前，向前！帮大人做事情跑运输，让自己强身体练意志；驱散了寒冷，赶走了严冬；而且，小孩子们跟狗狗们的友谊也与日俱增，这里的每一只狗狗都是小孩子的好朋友。

天气冷啊冷，北疆小孩子指挥着狗狗拉爬犁，出一身汗，长一身劲。忙啊忙，乐兮兮。

孩子们的故事

开"医院"的回族小孩子

在一片沙漠的边上,紧靠黄河的地方,有一座小村庄。这里住着蒙古、汉、回三个民族的八户人家。家家都有小孩子,只要天气好,他们就到房后头的沙坡上玩。那里,绵绵厚厚的黄沙盖住了所有的地面,风刮过,沙子上有了一道道波纹,远远看去,像大海里的波浪。太阳一照,沙子亮闪闪的,看不到边际,望不到尽头,就像是浩渺的沙海。大人们总是叮嘱小孩子,不能走远,走远了,遇上大风,沙海里的大浪就会把小孩子淹没的。所以,孩子们就在近处玩"打仗"和"过家家"的游戏。男孩子用沙堆成堡垒,手里拿根红柳条当马骑,在沙堡上跑来跑去,大声喊叫,像是千军万马奔腾而来;女孩子用沙堆成一堵堵围墙,手里抱个小枕头,拍着,唱着,笑着,还互相串门。

只有回族孩子哈增贵,一个人坐在沙坡下的石头上。石头旁的沙地上插了一根红柳条,枝子上面粘了一张妈妈糊窗户用的白绵纸。他妈妈是几个村子合办的一所小学的老师。他拿妈妈批改作业的红毛笔在白纸上画了一个红"十"字,又把妈妈的短袖白衬衫当作白大褂穿在身上,还拿脸盆从黄河里舀了半盆水,学大人样,在水里放了一丁点矾,不一会儿水就澄清了。他面前的一块平平的大石头上,放着一把小茶壶、一个小瓦罐,他把家里热水瓶的开水倒在壶里和罐里晾着。旁边放着小剪子,还有他用妈妈过年时给他的压岁钱从村里小卖店买的一小卷绷带、一小瓶红药水、一小盒胶布。他在这

第十一章 北疆小孩子

里开了一所"医院",专门给打仗受了伤的"指挥官"和"战士"包伤口;还给不小心摔了跤或突然得病的"妈妈"和"娃娃"出诊。为了让"重病人"休息,他又把妈妈铺在炕上的塑料布拿来,铺在靠近河岸的那棵低矮的小树下面。他这里,虽然不能跟乡里的卫生院相比,却是这个小村子里独一的"医院"。小增贵觉得,乡里那个卫生院其实也不很好,他两岁时从炕上跌下来摔坏了右腿,妈妈抱他到那个卫生院去治了很长时间,可现在走起路来,右腿还是有点毛病。正因为这样,男孩子打仗不要他,说他跑不快还碍事。女孩子也嫌他走路慢。现在,小增贵是"医院"的"大夫",他给大家治病还不好吗?昨天,大人们看见了都称赞他,妈妈也对着他笑,虽说他把家里的一些东西都拿来了,妈妈也一点不生气。只是,小朋友们都不叫他"大夫",也不来"看病",玩累了,就哇啦哇啦地自己躺到塑料布上。小增贵学着乡里大夫对病人说话的样子,告诉大家"医院"里不能大声喊叫,要听大夫的话。可是,大家照样大叫大嚷,照样叫他"小增贵"。他的眼泪都已经流出来了,他只得转过脸去坐着,装出不愿意理睬大家的样子。

可就在这时,天空里突然刮来了一股旋风。黄沙漫野,遮住了蓝蓝的天和红红的太阳。孩子们没有防备,扬得老高的沙子刮进了正在打仗的几个孩子的眼中。他们疼得大叫。三岁的乌力吉正要伸手去揉,腿脚不便的小增贵不知什么时候冲了上来,大喊一声"不能揉",就把他拉到"医院"里。又把几个睁不开眼的大一点的男孩子领到石头上坐下,他自己把手伸到脸盆里洗干净,又叫来孩子们中间最大的、快七岁的翠英,让她洗洗手,而后帮着给一个个孩子翻眼皮。他自己捧着盛满凉开水的小茶壶,小心地让凉开水从茶壶嘴里细细地流到他们的眼睛里。不一会儿,几个孩子眼睛里的沙子都冲出来了。他又用小剪子给每人剪一块绷带,让他们把眼睛里和流在眼睛外面的水吸干。这时,他见当"妈妈"的玉芳走路时跛着一只脚,原来她刚才抱着"娃娃"躲旋风,从沙坡上跑下来时,踩翻了一块尖尖的石头,扎破了脚背。他连忙给上了红药水。

风住了。孩子们都围着小增贵坐下来。小乌力吉说:"小增贵就跟真的大夫一样,治好了我的眼睛。"领头打仗的钢巴图像大人一样站起来说:"今天大风把医院的红十字旗刮走了,塑料布铺的床也埋进了沙里,明天大家一起来把医院造好。"过了一会儿又说:"小增贵想来'打仗'时,我就把'指挥官'让给他当!"玉芳也抢着说:"没有人生病时,小增贵来当'爸爸'吧!"

穿花汗衫的朝鲜族小女孩

朝鲜族幼儿园开学了。刚刚升到大班的小朋友们特别高兴,因为他们现在是幼儿园里的大哥哥、大姐姐了。他们今天要为新入园的小朋友表演节目,还要在开学仪式上朗诵欢迎词。女孩子们打扮得特别漂亮,几乎个个穿着时髦的民族衣裙,头上戴着蝴蝶结,走路时一动一动,好像真的要飞起来一样。

只有金玉,穿着表哥穿过的蓝短裤、白汗衫、白袜、白球鞋,头发剪得短短的。只有奶奶在白汗衫圆领子前绣的三朵小红花和她那细细的向上挑的眉毛,才显出她是个小女孩。她的爸爸是个做鼓工人,妈妈瘫痪在床上,奶奶操持家务,家境很困难。金玉挺懂事,她觉得跟男孩子穿得一样,也很神气。

这时,有三个穿新裙子的小女孩在一起轻声说话。一个说:"我的裙子是妈妈到上海出差买回来的,是电脑绣花,多美!"一个说:"我的裙子是姥姥从天津寄来的。上面的花是手工绣的,像真花一样,更美!"另一个说:"我的裙子是爸爸拿外币从北京友谊商店买的,真丝挑花的,最美了!"说着,还冲着金玉转了一个圈,让裙子飘起来。

也就在这时,一个刚入幼儿园的小班小朋友跳着蹦着跑过来。忽然,他被花池边上斜插着的砖头绊倒了,哇地哭起来。正说话的三个女孩和金玉一起跑上前。呀,小朋友的两个膝盖跌破了,血水儿流出来了。穿电脑花裙的女孩身子动了动,看看新裙,又站住了;穿手绣花裙的伸手去扶,也不敢离这个小朋友太近；穿真丝花裙的奔过去，皱了皱眉，说："小朋友勇敢，自己起来。"金玉掏出了自己的手绢，给小朋友擦掉了眼泪，一边让他别哭，一边抱起他向医务室跑去。等医生给小朋友上了药，垫上纱布，贴好胶布，金玉又抱着他进了小班，把他交给了带班的老师，才回到自己班里。金玉的白汗衫上满是泥印和血迹，但她仍然高高兴兴的，很神气的样子。

只是，金玉白汗衫上的血迹一直没有完全洗掉，那些不规则的红色的斑斑点点，构成一朵好看的无名花。老师说：金玉这件白汗衫是最美的朝鲜族童装，不管是在什么样的大城市里，不管你花多少钱，都是买不到的。老师说，金玉最美！

后山来的阳光少年

最近，我到一所小学去参加一次少先队组织的大队活动——红领巾诗文朗诵会。朗诵的作品全都是小朋友自己创作的。或小作者自己来朗诵，或由几个小伙伴合诵和表演朗诵。辅导员老师告诉我，这次朗诵会完全是小孩子自己搞起来的。他们自己编排，自己主持。她只是稍微做些指点。我因此对这次活动更有兴趣。

会场就在公共教室。下午两点整。一位佩戴三道杠臂章的高年级男生快步走上讲台。整个教室立刻安静下来。我顿时感触到这个小男生的独特魅力。

他，十二三岁的样子，蓝白相间的整洁校服和鲜艳的红领巾相映生辉。浓眉下眼睛里闪着亮光。他不慌不忙，站在离话筒不远不近的地方，响亮地说："我是主持人六（二）班赵拴柱。朗诵会现在开始……"他的普通话够标准的了，不过，我还是听出了隐隐约约的后山口音。再加上他说自己名字时一字一顿、扬眉扬目的顽皮模样，说完话以后看一眼大家、侧一下身子的习惯状态，使我一下想起了几年前一次偶然的访问。

那时，我听说，一些行业中的农民工生活条件极差，许多孩子上不了学，我就跟着有关部门的同志去做一些实际的调查。一天，在旧城边缘一条农民工聚居的小巷子里，看到几个七八岁的男孩，在一个老旧的门洞里玩老师上课的游戏。一块从旧家具上拆下来的棕黑色的长方木板，用旧铁丝系着，挂在已经掉了墙皮的坑坑洼洼的墙上。一个被大家叫作"老师"的小男孩手里拿一根细柳条，指着用附近学校里丢弃的粉笔头写下的"有""没"两个字，领着大家读。小男孩们伸长脖子，张大嘴巴，使尽力气，大声地跟读，好像要让全世界人都听见似的。那专心听讲的劲头，那一心读好的势头，让周围看到的大人欣喜万分。我们几个就索性停下来"参观"。小孩子们似乎已经习惯了，不管旁边有人没人，"教学"照常进行。可这一听，倒真是听出点什么来了。一是，"小老师"把"有"读成"又"，把"没"读成"么"，看似音差，其实字"别"。等小孩子"下课"后了解，才知道他们都是后山来的农民工的子女，来呼市还不到半年。他们中间，除了"小老师"在乡村里上过一年半学，谁都没有进过学校的门。在他们心目中，呼市是个大地方，到了呼市就能上学了。哪里知道，他们没有城市户口，在城里就上不了学。也有的学校允许他们入学，但需要交纳一笔可观的"赞助费"。他们的爸妈哪来那么大一笔钱呢？他们就只得眼睁睁地看着城里小孩子背着花花绿绿的书包，走进漂漂亮亮的校门去读书。爸妈到单位求领导，到学校说好话，都不行。小孩子在家里闲待着，可怎么是好呢？

这时，这个上过一年半学的孩子，自告奋勇当"小老师"。他把小孩子们叫到一起，由他教大家识字、算加减法、唱歌。他像模像样地对大人们说："就算上个'娃娃班'吧！"大人们嘴里答应着，心里信不过。但无论如何，大人们心里还是充满了感激。

那天，我问"小老师"叫什么名字，他一个字一个字地用普通话说"赵、拴、柱"时，他的眉毛向上扬，眼睛晶晶亮，一副"老师"的样子。不过，也许是爸妈无暇顾及孩子吧，包括"小老师"在内，孩子们都瘦恹恹、脏兮兮的。我们虽然跟他们微笑着说话，眼里都是湿湿的。"小老师"很愿意跟我们说话，临别时，还回头看大家，还侧着身子挥挥手。

没有错，眼前的这个赵拴柱，就是那个"小老师"，那个后山来的农民工孩子。几年过去，他长高了，长大了，长成了一个健康开朗、奋发进取的阳光少年。

朗诵会结束后，他走下台来，也认出了我。他告诉我，他爸妈的收入比以前多了，他们已经住进了廉租房。他家小区附近又新建了一所小学，那年他"教"的小伙伴们早都上学了。我跟他约定，今年春节，我一定到他家去做客。他高兴得连连点头，又说："一定带上您的书啊！"

图书在版编目（CIP）数据

到大森林去：张锦贻散文选 / 张锦贻著 . -- 北京：北京时代华文书局，2019.12
ISBN 978-7-5699-3210-2

Ⅰ . ①到… Ⅱ . ①张… Ⅲ . ①散文集－中国－当代
Ⅳ . ① I267

中国版本图书馆 CIP 数据核字 (2019) 第 228963 号

到大森林去：张锦贻散文选
DAO DASENLIN QU : ZHANGJINYI SANWENXUAN

著　　者｜张锦贻
出 版 人｜陈　涛
选题策划｜叶明光
责任编辑｜沙嘉蕊
装帧设计｜程　慧　迟　稳
责任印制｜刘　银

出版发行｜北京时代华文书局 http://www.bjsdsj.com.cn
　　　　　北京市东城区安定门外大街 136 号皇城国际大厦 A 座 8 楼
　　　　　邮编：100011　电话：010 - 64267955　64267677

印　　刷｜固安县京平诚乾印刷有限公司　0316-6170166
　　　　　（如发现印装质量问题，请与印刷厂联系调换）

开　　本｜710mm×1000mm 1/16　　印　张｜13.5　　字　数｜189 千字
版　　次｜2020 年 1 月第 1 版　　　　印　次｜2020 年 1 月第 1 次印刷
书　　号｜ISBN 978-7-5699-3210-2
定　　价｜40.00 元

版权所有，侵权必究